金子兜太
鶴見和子

米寿快談

［俳句・短歌・いのち］

〈編集協力〉黒田杏子（「藍生俳句会」主宰）

藤原書店

近　影

母・はるとともに。
埼玉県小川町の母の実家にて
（1920～21年頃、3歳前後）

トラック島にて。海軍主計中尉の頃
（1944年、25歳）

東京帝国大学2年生当時
（1942年、23歳）

はじめてのアメリカ旅行の際、
ニューヨークの写真館にて
（1938年夏、20歳）

祖父・後藤新平と、イギリスの
新聞王ノースクリフ卿との間で
（1921年11月、3歳）

佐佐木信綱先生を囲んで
（1936年5月30日、17歳。右から3番目が和子）

社会人として

日本銀行本店屋上にて
（1948年冬、29歳）

妻・皆子、長男・真土とともに、
自宅アパートにて
（神戸時代。1955年頃、36歳頃）

俳誌『風』金沢大会にて
（1954年、35歳。中列左から4人目が兜太。前列左から2人目が細見綾子、
1人おいて沢木欣一、大野林火、秋元不死男）

東京にて
（1969年5月、50歳）

敗戦後、パール・バックとの再会
（1960年、42歳。東京にて）

モスクワでの国際会議にて
（1992年8月、74歳）

近　年

妻・皆子と、中国・杭州にて
（1996年9月6日、76歳）

朝日賞授賞式にて
(2000年1月27日、81歳)

（1987年末、69歳頃）

米寿快談　目次

第一場

二〇〇五年二月二十二日　火曜日

前口上　009
俳句の触発力　011
病気になると命が輝いてくる　063
玲瓏の自由人　075
南方熊楠の世界へ　114
倒れてのちはじまる　134

第二場——二〇〇五年二月二十三日 水曜日

金子兜太俳句塾 142
切れ字は間（ま）なんです 162
定型ということ 170
「創る自分」と「主体」 181
「ふたりごころ」という「生き物感覚」 189
和子・兜太の養生訓 231
産土（うぶすな）に還る 256

縁（えにし）なる哉 金子兜太 286
「快談」のあとに 鶴見和子 288

米寿快談

俳句・短歌・いのち

Photo by Ichige Minoru

第一場

二〇〇五年二月二十二日　火曜日

前口上

藤原　本日は、金子兜太先生、朝早くから、鶴見和子さんがお住まいの宇治まで、遠路はるばるおいでいただきまして、ありがとうございます。それからこの企画を考えていただいて、お忙しいのにすべてを取り仕切っていただいた黒田杏子さん、本当にありがとうございます。

じつは私は、金子先生とお目にかかるのは今日が初めてですが、お名前は二十五年ぐらい前からずっとお聞きしていました。それはおそらく先生も非常にお親しい方だったのではなかったかと思いますが、歴史家の井上幸治さんに一時私淑しておりました。フランスの歴史学の「アナール」という全体史を、井上幸治先生から学んで、私が日本に紹介したということでございます。井上幸治先生の最晩年、亡くなる一年前の八八年の九月、金子先生のご実家のある、皆野で合宿をしまして、井上先生を囲みました。その折も井上先生は、兜太、兜太ということで、非常に近しい、本当の友人、非常に魅力のあるいい男だよ、ということを伺っておりました。

それから、金子先生が六三年に「造型俳句六章」を書かれたときに、自分と物とのあいだにある「創造する主体」を考えられた。私も、七三年に大学を出て、出版の世界に入ってきたんですけれども、その時にまさにその主体の問題、研究者における研究主体の欠落ということをずっと考えておりました。主体というものをいかにして獲得するか。そのことも井上先生との出会いで学びました。

それで私がいまやってきている仕事というのは、歴史の問い直しで、つまりこれまで常識と見られていたようなものも、もう一回、全部洗い直していこうと。それで、十九世紀以降の世界史を見直しているんですけれども、そのきっかけを与えて下さったのが井上幸治先生です。それで、金子先生とお目にかかるのは今日が初めてですけれども、どうも初めてという気がしないんです。

きょうは全面的に黒田さんにお世話になります。私はカメラと録音係で、楽しみに拝聴させていただきます。

俳句の触発力

私は俳句を作る人と和歌を作る人は世界が違うんだ、人種が違うんだってずっと思っていたんです。——和子

金子　いや、奇縁ですね。ちょうどこの二十六日、秩父事件を映画化した「草の乱」が熊谷で上演されるんです。今年はちょうどそういうこととつながりますね。縁だ。鶴見さんとの出会いもとても縁を感じておりまして、黒田さんからこの話を聞いた時以来ね。

鶴見　きょうは金子先生とお話しできるなんて思いもよらなくて、黒田さんからこういう提案をしていただいて、すっかり取り仕切っていただいて、はるばる宇治までお連れいただいて、ありがとうございます。

金子 子連れ狼ですよ。いや狼じゃあなさそうだな。

鶴見 ありがとうございました。私は俳句を作る人と和歌を作る人は世界が違うんだ、人種が違うんだってずっと思っていたんです。というのは、俳句を読んでも何のことかわからない。自分で作るなんてことはもちろん考えもしないけれど、どうも分からない。ああいうものはできない、そう考えていたんです。

ところがNHKの列島縦断の「俳句大会」を三年ぐらい前にテレビで拝見して、仰天したんですよ。そこで、ああ、これが俳句かと思ったの。あれが俳句だとこれまで思わなかったのね。その日子供の俳句が私にはすごく印象的だったの。子供の俳句はだいたい金子さんが選んでいらっしゃる。選者の金子さん自身がまるで少年みたいなのね。私と年が一つしか違わないのに、まるで少年みたいな方が現れて、一日中画面にね、それでこりゃあ俳句も勉強しなきゃだめだな、私は大変世界が狭かったと。あのテレビで目が開かれたの。

とくに私は子供の俳句のなかで〈雪解けを待つ植物のように少年は〉、あれが私はすごく印象的だったの。というのは、俳句というものはすっかり自分の忘れ果てていたような原体験をぱっと思い起こさせてくれる、触発するのよ。その句に出会った時に、敗戦後、私の父が持っていた軽井沢の山小屋にこもって、『パール・バック』という私の戦後最初の本を書いていた、それで冬を越したんです、山のなかでひとり雪に閉ざされて。そしてうちの近くに田んぼがあって、田んぼに細い小川が流れてて、そこにオランダゼリが生えているんですけれど、雪の下にあるから見えないんです。ところがその雪をちょっとかき分けてみると、下から青いというより黒いようなセリが萌え出しているんですよ。それでびっくりして、それを摘んできて毎日食べてたの。そうしたらすごく元気になるの。あれを食べると血が増えるのね。その体験を思い出して、ああ、あのことを私も歌にしなきゃ、そう思ったの。そしてね、〈雪解けを待つ植物のように少年は〉という、そういう表現が俳句ではできるんだなということにとても感心したの。それで私は本句取りをしたの。俳句に本句取りがあるかどうか知らないけれど。短歌には本歌取りがあるでしょう。で、本句取りをして私は歌を作ったの。

金子　本句取りはありますよ。

鶴見　それで〈荒き手とやさしき手とを感じわける植物のように介護さるる身〉。これは、このことをどうやって歌にしようかなと思っていた時に、テレビであの句を見たから出たんです。というのは、男に限らず女に限らず、荒っぽい手の人に介護されると、あとで足がとっても痛くて、夜眠れなくなるの。ところが男でも女でもやさしい手の人があるの。そういう人が介護してくれると安心して夜ぐっすり眠れるの。そのことをどうやって歌にしようかと思っていたけれどわからなかったの。ところが少年のその句を見たとたんに、パッとね。「植物のように」といえばいいんだなと。

どうして「植物のように」かというと、南方熊楠が植物をあつかっていて、やさしい手と荒い手があって、やさしい手の人だと植物がよく育つ、荒い手の人だと植物が枯れるということを、どこかで書いていたの。それをパッと思い出して、両方をいっしょにして歌にしたのよ。だから俳句というものは、すごい力、触発力をもってる。つまり原体験の触発力なの。すっかり忘れているでしょう、それをパッとじつに鮮烈に教えてくれるの。その日なんです。これが俳句なのか、それなら私にだってわからないことはないな。むしろ俳句を読むことによって、私も歌がつくれるようになる、そういうものじゃないかなとはじめて思ったの。

それで金子先生のお書きになったものを読んでみると、「自然存在としての人間」という話を『海程』の講演録でしたね。あれを拝見して、私は一気に親近感をもったの。つまり、これまで私は俳句に親近感は全くなかったんです。芭蕉だとか蕪村だとか、そういう世界だけが俳句だったら私にはわからない。ああいうさびとかわびとか、その上になんだかむずかしい季語を入れなきゃいけないのは。それでこれから俳句を勉強しなくちゃいけないと。つまり感性の活性化、それを俳句から私がいただくことができる。それが一つの驚き。

金子皆子さんの『花恋』という句集をいただいて、私はこれに吸いこまれたんです。全句が作者の命の流れになっているのよ、この句集は。——和子

鶴見　もう一つの驚きは、金子先生の奥様。お連れ合いの『花恋』という句集を拝見して、私がまた眼を開かれたの。というのは、私は佐佐木信綱先生に若い時に短歌を教えていただいて、そののちアメリカに行って学問をする。私にはもう歌なんか詠んでいるひまはない。じつに愚かなことを考えて、勝手に歌の別れをしたんです。その状態がずっとそのまま続いていたのに、七十七でパタンと脳出血で倒れて、その晩から歌がどんどん噴き出してきたの。それは頭から噴き出したんじゃないの。体の底から次々に出てくるの。夢を見るんです、点滴してじっと寝てるから。そうすると夢がすぐ歌になって、言葉になって出てくるの。そして翌日、妹が来た時に大きな声でぶつけるんです、その歌を覚えてて。それを書き取ってもらったから、『回生』という歌集ができたの。私ね、これは何だろうとすごく考えた。だけどその歌というのはほんとの歌じゃないのよ。字余り、字足らず、めちゃくちゃ。だけどめちゃくちゃのままを私は歌集に並べたの。こういうめちゃくちゃなものがでてきましたと。

で、だんだんまたもとの調子になってくる。それは何だろうとすごく不思議に思ってね。私はやっぱり歌を詠みたかったんだ、自分の感じていることを歌にしたかったけれど、留学した勉強

半世紀死火山となりしを轟きて煙くゆらす歌の火の山　和子

のさまたげになる、学問というものと歌というものを切り離して考えた。だけどそうじゃないんだということが、倒れてやっとわかったの。私の抑えても抑えても抑えきれないものは内発性なんですね。それが体の底からこみ上げてくるのよ、次々に、一晩中。夢が歌になったの。だからそれから考えてみると、私が歌を捨てたことは学問の枯渇になる。つまり歌は源泉なんです、命そのものなの。命の原動力なの。それを頭で抑えつけることによって私の学問はつまらないものになった。まったくつまらない、頭で考えた理屈だけになったんです。それで倒れてあとは、ずっと毎日、日記のように歌を作って、ちょっとした感動がすぐ歌になる。そのお蔭で私は失語症にならないですんだんです。この病気は失語症になるんです。私の父は失語症で十四年間寝てたんです。死ぬまで失語症だった。私はこうしてべらべらしゃべれる。それはすべて歌のお蔭なの。私は短歌によって生死の境を越えた。この短歌を杖にしていま生きつづけている。でも半身麻痺で左側は全く動きません。それで生きつづけて、いま九年目になりました。いま短歌だけが私の命の原動力、そういうふうに考えてきたんです。

そこに金子皆子さんの『花恋』という句集をいただいて、一読、私はこれに吸いこまれたんです。ずっと読んでいくと、ここで切れるということがないの。全句が作者の命の流れになっているのよ、この句集は。全部に命が流れているの。作者の命の流れがよくわかるの。私はこれまで自分がいくらか知ってる短歌だけを考えていたのはまちがいだ。やっぱり短詩定型。短詩も最短詩ですよね、俳句は。短歌はだらだらしいんです。短歌というけれど長ったらしいんです。七七が余計ですね。『花恋』は俳句。だからもっとずばりなんです。何より命の輝きが鮮明なの。腎臓の摘出手術をなさる、その時のすごい句があるでしょう。手術というものをこういうふうに表現できるのかと思って、私、ほんとにびっくりしたんです。

金子　ちょうど九年目になりますから、鶴見さんの発病も九年ぐらい前でしょう。

鶴見　九年前です。

金子　皆子も九年前に手術したんです。

鶴見　じゃあ、同じころね。でも私よりずっとお若いでしょう。

金子　今年八十になりました。

鶴見　私は八十六ですから。

蛾のまなこ赤光なれば海を恋う　兜太

金子　六つちがいますね。ちょっと補わせてもらうと、皆子の場合は、最初は右の腎臓を摘出しまして、これは癌で末期に近かったんです。それから肺に転移したと思われる兆候がでてきまして、そうしてるうちに今度は左の腎臓に影がでまして、それで医師は、また癌の初期兆候だというので、その影を取ってくれたんですが、また影がでてきたんです。これは手術のしようがないという状態できているんですが、それが不思議にも動かないで、現在、九年たったわけです。

鶴見　それで免疫療法ですか。

金子　免疫もしたり、漢方も飲んだりしましたが、その効果かどうかわかりませんが、ある医師に言わせますと、慢性癌じゃないかといっているんです。慢性癌というのがあるんだそうですね、あんまり動かない癌が。ですからそれじゃないかというので、うっかりするとご主人より長生きするかもしれませんよと。

鶴見　慢性癌になると癌が成長しないんですね。

金子　癌が動かない。だから肺癌も左の腎臓の影もあまり動かない。点滴もしない。そういう状態ですね。

鶴見　年を取ればもっとその癌の動きも鈍くなるのね。

金子　鈍くなっています。ここ二、三年、とくにそういう感じがして……。そうすると私のほうが先に死んじまうんじゃないかと思って、最近はちょっとおそれをなしているんです（笑）。それでいまの彼女の俳句は、おっしゃるとおりで、純度が非常に高いと私は思っていますが、それはそういう状態なものだから、常に自分がいつ死んでしまうかわからないという気持ちになるんですね。自分の死というものに真向かう時は……。

鶴見　私もいつでも死んじゃっているんです。

金子　そうでしょう。拝見していてそう思いました。だから非常に皆子と似てると思いました。それでその状態になる時に、つまり死に真向う、それを克服するために彼女は俳句を作っていたんですね。

鶴見　私は痛みを忘れるため。いま、こうしてる時も実は痛いんです、左半身全部痛いの。それを忘れるために一所懸命歌をつくった。

金子　ああ、そういう点も似てますね。

鶴見　それで若くして元気に仕事をしてた頃より、いまのほうがずっと集中力があるの。

金子　家内の場合もまったくそうです。

鶴見　それで食堂にいつでも私遅れていくの。私、仕事をしていると聞こえないんです、お食事の鐘が鳴るんだけれど。仕事をはじめるとなんにも聞こえないの。

金子　それがかえってよろしいわけでしょう。

鶴見　仕事で痛みも克服できる。そして寝てる時がいちばん痛いの。

富士を去る日焼けし腕の時計澄み　兜太

金子　でしょうなあ。
鶴見　起きて仕事してる時がいちばん気持ちがいい。
金子　まぎれるんだな。いや、どうもそうなんだ。そのためにどんどん句を作った。その手がかりが彼女の場合は「花」だったようですね。
鶴見　そうよ。だから全部の句にほとんど全部、花がでてくるの。
金子　そうです、そうです。
鶴見　私びっくりしたの。それでタイトルも『花恋』なの。だからおそらくいつでも心の中に、自分の体の感覚とともに異なる花のイメージがでてくるんだなあと思ったの。
金子　そのとおりです。
鶴見　普通の人だったら何かここにつけ足さなくては俳句にならないと思って、季語の花か何かをもってくるでしょう、そうじゃないのよ。
金子　そう。おしゃるとおりですね。
鶴見　これは心に、ああ、痛いと思うと何かの花が現れるのね。

金子　ええ、現れる。
鶴見　ああ、そうだと思った。花だけじゃなくて雲の姿とか、何か自然の姿が現れるの。
金子　そうです。なにかいつも生き物たちが出てくるようですね。
鶴見　すばらしいわよ。私、この句集を見てほんとに眼が開かれたわ。
金子　ああ、いやいや。
鶴見　二番目の摘出手術、〈凍る腎臓切り裂く秋の笛師醫師〉。すごいじゃない。こんなこと、私は自分が歌にしようと思ったらできないわよ。おそろしいわ、これ。体が震えるみたいよ。よくこんなふうに表現できるものだと思いますね。
金子　その句の「笛師」ですけれど、うちの家内はジョルジュ・サンドが好きなんです。
鶴見　ああ、私も好きよ。昔から大好き。
金子　それで彼女がまだ若かった時に、父親のところにあった『笛師のむれ』を読んで感動したんです。そののちしばらく主婦をしてたから忙しくて忘れてた。それが手術の時にグーッと笛師がでてきたようです。それで「笛師」になったんです。ジョルジュ・サンドの「笛師」なんです。

眠れども眠れどもなお眠き我の意識はいずこへゆくや　和子

鶴見 ああ、そうなの。

金子 その記憶が、にわかによみがえった。

鶴見 どうして笛師がでてきたかわからないんだけれど、これは説明なしにイメージが湧くんだと思うの。

金子 うん、過去の映像が出てきた、非常に感動した映像が。それで、これもエピソードなんですけれど、ちょうど彼女の状態がいま少し落ちついてきてますでしょう。ジョルジュ・サンド全集が読みたくなったんです。そういうことで探したら、藤原さんのところでちょうど全集（藤原書店刊「ジョルジュ・サンドセレクション」全九巻・別巻一）を出したというので早速申しこんで、いただいているようですがね。そうしたら『笛師のむれ』だけが全集にないんです（笑）。それでこれもまたそちらに相談したんじゃないかな。探したら岩波が昔出して、また再版してるのがあるというので、彼女、岩波の本でいま読んでいます。

鶴見 ああ、そう。じゃあ、藤原さんそれ出さなきゃだめよ。

金子 これはぜひ、いいご縁ですね。

鶴見 どうして笛師が出てきたのかと思った。

金子 そうでしょう。

鶴見 ところがこの笛師というのが、私はとっても適切だと思うのは、「凍る腎臓」でしょう。

笛っていうのは凍った、そういう音を出すじゃない、ピーッていう。

金子　そうだ。

鶴見　能管みたいな……、藤舎名生の笛みたいなの。「笛師醫師」でしょう。それでこれは脚韻を踏んでる。いいわねえ。これはすごいと思った。

金子　うん。いや、すごいです。私が見てもすごいと思いますね。

鶴見　ありがとうございました。『花恋』をいただいて、私はほんとにありがたいと思った。これが命の原動力。

金子　いや、よかった。

短詩定型は、もっとも原初的な意味のエロスの発動だと思うんです。――兜太

鶴見　それでね、どうして短詩定型は命の原動力になりうるか、そこをうかがいたいの。

金子　ああ、そうか。子供の句に感動されたお話にも重なるんですけれど。これは自分の体験からしかわからないんだけれど、結局、ただ叙述するとか、意志を述べる。叙詩というか、述詩というか。あるいは見たものを書くという、高浜虚子がいった「客観写生」というような。そういうことは非常に初期的な短詩型についての考えでありまして、基本的につきつめていくと、私は最近は自分では「情動」という言葉で呼んでいるんです。

霞一重へだて見る世は摑めども摑めどもそこに物なし　和子

鶴見　私は「情動」なの。

金子　お書きになってましたね、「情動」という言葉。「情動」という言葉で呼ぶんですが、どうもやっぱり内面の激しい高揚のようなものが得られる。それが短詩型を書く歓びだし、それが傑作を生む理由だと。だから子供なんかの場合は、まったく無邪気に自分の情動のままに書くんです。それだけですごいですね。

鶴見　情動というのは、センティメントでもないし、フィーリングでもないの。

金子　そうそう。

鶴見　それは行動の動機づけとなるようなモティベーションなのよ。それだから情動というの。

金子　私なんかがエロティック・アクションなんていうのは、まちがいです（笑）。しかし、エロティックなアクション、行動だというんだ。エロスというのはうんと広いですものね、意味が。もっとも原初的な意味のエロス、それの発動だと、こう思うんですけれどね。

鶴見　そう。だけどどうして、短詩型がそうなんでしょうか。

金子　短いからだと、単純に思っています。

鶴見　私も短いからだと思う。

金子　集約がきくと思います。

物に本当に即したときに、それによる感動も生まれるし、情動が生まれるし、そしてそれですべてを語ることができる。——兜太

鶴見　病気というのはすばらしい命の輝きを自覚させると思うのよ。というのは、自分の体にたいする感覚というのは、元気なときはないの。いつでも元気だから。痛いとか寒いとか、そういうのがないの。かつての私は雪が降っても、嵐になっても、台風がきても、約束を守ったんです。それで飛行機に乗って、日本国内でも外国でもどこでも飛んでったの。というのは、体が感じないの、恐れないの。だから感覚麻痺じゃないですか、健康体というものは。

金子　うーん、麻痺しがちですね。麻痺とまでは言えないけれど……。

鶴見　私は麻痺したら急に感じはじめたの。

金子　ああ、逆に。それがいまの情動をかき立てたんじゃないでしょうか。それまでは叙述的

曼珠沙華どれも腹出し秩父の子　兜太

なんですね、短歌も俳句も。

鶴見 そう。だけど、おっしゃってらっしゃるように、季語を季節感とするんじゃなくて、物として見て、それを究める。そしてただ叙景していても、自分の中にこういうことを言いたいという気持ちがあれば、単純な叙景であっても、それが暗喩になる。私、皆子さんの『花恋』、あれはほんとにすごいと思った。

金子 ありがとうございます。

鶴見 暗喩という言葉がとても適切なんですね、俳句には。つまり、暗喩になるというところがおもしろいんじゃないのかな。

金子 結果的にそうですね。

鶴見 結果的になるのよ。だからストレートに写生して、その写生が適切であれば、それは何かの文明批評をしてることになるの。

金子 そういうことでございますね。

鶴見 それは自然をしっかり見てれば文明批評になるのよ。人間なんて変なものよ、ほんとに変なものなの。だから自然から学ぶということなんですね。

金子 そのとおり、そのとおり。

鶴見 ただ自然を描写しても、はっきり見ていれば、それが暗喩になり文明批評にもなる。金子さんが『海程』にお書きなっているの。ああ、これだな思った。

金子　そのとおりです。だから、いかがですか。私は「即物的」という言葉で単純に最近はいうんですけれど、物を発想の原点にしたいということですかな。

鶴見　そうよ。

金子　本当に。だからいままでわれわれは、とくに「自己表現」という言葉が非常にまずかったと思うんです。あれは私は近代の文芸用語だと思っているんです。「自己表現」という言い方が非常にまずくて、それだけでは甘くなる。

鶴見　だから自己を表現しようとして、意識して表現するとおかしくなる。

金子　おかしくなってしまうんです。硬くなりましたね。それよりも物に本当に即したときに、それによる感動も生まれるし、情動が生まれるし、そしてそれですべてを語ることができる。

鶴見　そうだと思う。なるほどと思って、私はあの文章を拝見したんです。宇宙飛行士の、肉を食べていたら月に突き当たって壊しちゃったという、そういう句があった（〈肉を焼く月ロケットを月に砕き〉）ということをお書きになって、これが文明批評なんだと。そういう事実をただ事実として書いたことによって、文明批評になっていると。

金子　そうでございますね。それで物だけでなくて事柄、いまも時事問題がいろいろございますが、事柄のなかでも、それにある感動、いい意味のプラス・マイナスの感動があると思います

木曽のなあ木曽の炭馬並び糞る　兜太

が、感動をおぼえたときの俳句とか短歌、これも説得力がございますね。だからよく時事的なものは、とくに俳句のような短い形式には向かないという言い方が行われておるんですけれども、私はそれはまちがいだと思うんです。「即物」ということが私には非常に大事で……。私は俳句だけできたため、「即物」という言葉を教えてくれたのが、芭蕉だと思っているんです。それで一応、まず芭蕉を尊敬してるんです。

鶴見　そういうことがわからなかったの。

金子　わからなかったと思います。

佐佐木幸綱先生は異端ですよね。だけどいまやあの方は正統。金子先生は異端ですよね。そしていまや正統なんです。——和子

鶴見　それで金子さんからいただいた、全四巻の『金子兜太集』、それの第一巻をまず開いたんです。そうしたら扉のところからぱらっと落ちたのが「月報」なの。第一巻の。そしてひょっと見たら、佐佐木幸綱って書いてあるの。まず「わが青春の二書は金子兜太の『今日の俳句』、それから岡本太郎の『今日の芸術』であった。それをいまでも自分は大事にして、書棚の入口のところにちゃんと二冊そろえて置いてある」、そこからはじまっているから、私、びっくりしたの。

私からみた幸綱先生と金子先生との相性というか共通点は、戦後、幸綱先生は短歌の異端、革新をやる。それから金子先生は俳句の革新。両方とも革新者なのよ。それで最初はなんだかんだとけんかしたり、もの別れになったり、いろんなことをしていて、いまやそれが正統になっているというそのすばらしさ。丸山真男さんが、弟の俊輔が『思想の科学』をやりはじめた時、「君は異端、異端と自分のことをいってるけれど、異端が正統にならなければ本当の異端ではないんだよ」とぼくは言われた、と俊輔がいいました時に、私、そのことをハッと思ったの。幸綱先生は異端ですよね。だけどいまやあの方は正統。金子先生は異端ですよね。そしていまや正統なんです。

金子　うーん。そこまでいってもらえるとうれしいですよ（笑）。

鶴見　私はそう思う。これが正統なのよ。

金子　そうです。わかる人はわかってると思うんです。

深山幽谷にデパートの天井に
足萎（な）えの我を連れゆきて怪夢は我を錯乱す錯乱す　和子

毎日、食べ物、寝る時間、自分の体には大変に気を使って注意してるの。――和子

金子　しかしよくいろいろ覚えてられるな。失礼ですが、昔からそういう記憶力ですか。

鶴見　いまのほうが記憶力はいい。八十六歳になって病気になったら、記憶力抜群です。

金子　でしょうね、そのはずだよな（笑）。

鶴見　人の名前もすぐ覚えちゃうもの。だからみんなが驚いちゃうの。

金子　うーん、でしょうね。

鶴見　いや、それは集中力よ。

金子　そうなんでしょうな。

黒田　私なんかみんな忘れちゃう。

鶴見　あなたなんか、まだこれからたくさん生きると思ってるから、それでぼんやりしてるからよ。

黒田　なるほど。分りました。

鶴見　私は明日死ぬかもしれない。次の瞬間に頭の中に何か起これば死ぬのよ。だってお医者

さんに「あと二年は必要なんですけれど私生きられますか」ってきいたら、「いまのままならね」といわれたの。ということはいまの状態を保つことが大事だということよね。「東京には行ってはいけません」。「なぜですか」ときいたら、「東京に行けば何が起こるかわかりません」って。すごくいいお医者さんだと思うの。つまり何が起こりますとか、いつどうなりますなんておっしゃらない。何かが起こったら私はそこで死ぬって、はっきりいって下さるの。もう左側が決壊してるでしょう、だから右側もだめになったら死ぬの。だから私はそのお医者さんの発言からヒントを得て、毎日、食べ物、寝る時間、自分の体には大変に気を使って注意してるの。

金子 それが集中力を鍛えてますね。

鶴見 そうなの。

金子 しかし、記憶力はおれはだめだな。

鶴見 体に気を使うということは自分が病気になったからなんです。

金子 でしょうな。

鶴見 倒れるまでは全く……。健康そのものだったの。

金子 私の場合は、家内が病むようになったら、自分の体に気を使うようになった。それはなぜかといったら、家内の療養に私がいないと経済的にまいっちゃう。働くことを身に課したんです。

鶴見 私もそうだったのよ。十四年間、私の父は脳梗塞で寝たっきり。失語症よ。それを看護

これよりは身障者として生きなむとひたすら想う　和子
怪夢より覚めし深夜のベッドに

婦を二人つけて世話してきた。父にはいくらかの年金がついてましたけれど、それじゃ足りませんよ。だから私が働いて、十四年間よ。

金子　それは。それは。ご立派でしたな。

鶴見　だからよくわかります。あの頃、私は夜、ぱっと目が覚めると、私がお父さんより先に死んだらお父さんはどうなるんだろう、そのことがいちばん心配でした。

金子　でしょうな。私がそうです、いま。

鶴見　だけどそのことを私とってもいま感謝してる。人生に悔いがない。あっ、でもねえ悔いはあるのよ。それはもし私があのときにいまのこういう経験をしていたら、父にもっとよくしてあげられただろうって。

金子　うーん。

鶴見　あの十四年間、私は健康そのものだった。健康な者の目から病人の父を見てたから、いくらやってもゆき届かないの。

金子　それはまあそうだな。

鶴見　いまならできるんだけれど、もうできない。父はいないし……。

金子　いまはそうお考えになってるでしょう。それは当然でしょうな、自分がその場面にくれば。

母親の喜劇精神と息子の喜劇精神が結びあって「ふたりごころ」になってる。——和子

鶴見　だけど病人の世話を自分がほんとに背負って立つ時は、人間はほんとの真人間になるのよ。

金子　ああ。それはどうもそうだと思います。分りますね。

鶴見　そこで金子さんのおっしゃる「ふたりごころ」になるのよ。

金子　うん。どうもそうだと思いますね。

鶴見　ひとの苦しみがわかるようになるのよ。

金子　どうもそれは事実ですね。

鶴見　「ふたりごころ」というのはいい言葉よ。

魚雷の丸胴蜥蜴這い廻りて去りぬ　兜太

金子　アニミズムの心のあり方として、そう思って書いてますから。いや、私なんかまだそれほどだいそれたことは言えませんがね。

鶴見　それからもう一つ申し上げたいのは、私、金子兜太という名前をつけた歌を一つ作って、『心の花』に出したの。

金子　それはありがたい。

鶴見　こういう歌なんです。私、去年はとても無理をして、仕事をいっぱいやったんです。そうすれば頭がはっきりして惚けないと信じこんでやったら、頭は惚けなかったけれど、体が惚けてきたの。体力低下。つまり、もう無理はきかない年齢に達したんだな、そう思ったんです。それで来年というのは今年、来年はのんびり暮らす、のんびり仕事をする、無理をしないと決めたんです。そうしたらとっても心が楽になって、一月元旦の夜は、それまでにないほどぐっすり寝たの。そして翌朝気持ちよく目が覚めたの。そこに黒田さんが『白神山地俳句歳時記』という本を送ってくださったの。そして付箋がついたところをぴゅっと開けたの。そこに〈夏の山国母いてわれを与太と言う〉。兜太じゃなくて与太。私、それで一人で声を立てて笑って、それをそのまま歌にしたのよ。〈心地よく目覚めし朝(あした)おくりこし金子兜太の句に初笑い〉(笑)。一月二日だったから。

金子　それはありがたいな。

鶴見　それを『心の花』に出したのよ。きっと幸綱先生笑っていらっしゃると思う。いずれは『山姥（やまんば）』という一冊を私の最終歌集として藤原さんに出していただこうと思っているんですけれど、その時はちゃんと前書を付して、この句を出します。

それでまたそれから連想したの。つまり私の頭というのは連想ゲームみたいなの。毎日、何か感動があると、それをきっかけにしていろんなおもしろい連想をするの。昔、「喜劇精神」という、たしか「ダ・コミック・スピリット」という、ジョージ・メレディスが書いたエッセイがあったの。それは「相手の欠点をついて大笑いして、しかし愛することをやめない。むしろより深く愛するようになる。これが喜劇精神である」。私はこの言葉が好きで、ずっとそれを覚えてて、これがまたピュッと出てきたの（笑）。というのは、その俳句は金子兜太さんと、百三歳で去年の暮れに亡くなられたお母様との、ほんとうの親愛感を表していると思うの。自分の子供の兜太を与太というところにお母様の喜劇精神があるんだと思う。

金子　ああ、そのとおりです。

鶴見　与太と言われて喜んで俳句にするところに兜太先生の喜劇精神があるのよ。そして母親の喜劇精神と息子の喜劇精神が結びあって「ふたりごころ」になってる（笑）。

金子　うまいなあ。

鶴見　それはいいんじゃない？

水脈の果炎天の墓碑を置きて去る　兜太

金子　うん、それは明快だ。

型を越えるのと型をはずれるのとは全然違う。――和子

鶴見　私はね、とてもこのごろ俳句に教えられてるのよ。黒田さんのお手引きで。
金子　なるほど、なるほど。しかしいまのお話は明快で……。
鶴見　俳句と短歌というのは、私、分断されたものだと思いこんでいたのよ。
金子　とんでもない。
鶴見　こんなに触発されるものか、俳句によって。短歌が俳句を触発するということはないと思うけれど、それは最短詩定型だからよ。俳句が。
金子　形式の強さですかね。
鶴見　そう。集中力よ。
金子　さっきおっしゃったように、七七がなくなった強さですね。
鶴見　そう、七七は蛇足なのよ。

金子　うん、結果的にね。

鶴見　それでこれは何だろうと思って考えたの。そうしたら私は踊りをやりました。俳句というのは踊りに似てるなと思ったの。どういうことかというと、五七五でしょう、そうするとその中には説明が入らないのよ。そのものずばりしか言えないの。そうすると、読んだ人に連想の幅、自由度が広がるのよ。自由に連想できるの。短歌は七七があるために限定されるの、こういうものだよって。短歌はあいまいというけれど、俳句はもっとあいまいなのよ。だから自由に自分の経験をそこに入れることができるの。

それでどうしてそれが踊りにでるかというと、私は花柳徳太郎という古典舞踊の名人について習いましたから、間（ま）をしっかり身につけなきゃだめだということを叩きこまれたの。いまの人達は間なんて無視、ふらふらふらと、いつでもフラダンスみたいに踊ってるの。ところが私の師匠は「そこで止まって、別に」というの。「別に」というのは、そこに小休止があるの、空白があるのよ。だから間なのよ。しょっちゅう間があるの。長い間や小さい間。俳句という詩型にはこの間があるのね。

一条（すじ）の糸をたどりて白髪の老婆降りゆく底ひより
新しき人の命　蜻蛉の命登りゆく輪廻転生（りんねてんしょう）の曼陀羅図（まんだらず）　和子

金子　そうそう。

鶴見　そこがすばらしいの。だから読む人と作った人のあいだに自由な交流があるのよ。西洋哲学は定義をやかましくいうの。定義というのは、この言葉はこれだけの幅しかないんだよと。幅が広がったらあいまい言葉になって、それは科学ではないということになるの。だけどそうじゃないのね。その自由度の問題が最短詩定型の特徴じゃないかな。

最近の俳人はみんな気持ちが小さいですから、一つの読みに固定しようとするんです。それで俳句をつまらなくしている。——兜太

金子　ええ、そのとおりです。アメリカのハルオ・シラネ（白根治夫）氏。何世かな。その人が芭蕉を研究しながら書いた本で「文化の記憶」という言い方をしてましたね。それがいまのお話によく合いますね。要するに短いから。だから読む人の連想が自由である。そのことをある人がAの時代に書きとめる。次のBの時代にはまた別の読みがあって、それを書きとめると。累積していく。

鶴見　積み重ねね。おもしろいわね。

金子　それが「文化の記憶」というもので、だから一句がそれで光ってくる、非常に親しく読めるようになる、俳句にはそういう功徳があるということを彼は書いていています。この人は比較文学者です。

鶴見 それはおもしろい。つまり空白なのよ。空白が多いということが自由なのよ。

金子 ええ、かえってそうなんです。それでいろんな読みがあっていいということなんですね。ところが最近の俳人はみんな気持ちが小さいですから、一つの読みに固定しようとするんです。それで俳句をつまらなくしているという傾向もありますね。もっと自由に読ませたらいいと思うんですけれどね。

鶴見 そうなのよ、歌だってそうなのよ。解釈がいろいろあるのよ。違うのよ。

金子 ええ、そうなんですよ。

鶴見 それが俳句はもっと歌より自由なの。

金子 だと思いますね。

鶴見 それだから鮮烈なの、こっち、つまり読者にくる衝撃が。

金子 そう、そうそうそう。

鶴見 ドッカーンとくるのよ。

金子 そう。集約力が強いということはそういうことでしょうね。自由ということですよね。

鶴見 そうよ。だから金子さんがこだわらず自由につくればいいんだとおっしゃる。その自由という価値はそこにあるのよ。

我もまた動物となりてたからかに唸りを発す
これのみが自由　　和子

金子　そうなんです。いま、そんな深い意味で言ったんじゃなかったんですけれども、なんとなくそう思っているんですよ。

型があるから外国にも俳句というものが普及している。――和子

鶴見　私はまた踊りをふっと思い出したの。「そこで止まって、別に」って、一歩別に出すのよ、ここで止まって。

金子　「踊りは非連続の連続」とかおっしゃっていましたね。それが一つの型だと書かれていましたね。そのことですね。

鶴見　そういうこと。「松の緑」は、「松のくらいの」という時に止まって、「松のくらい」の「松の」をだんだんに上げてくるの。いちばん最初にこう上げるのね。その時に止まって、一つずつ上げていかなきゃいけないの。（右腕を高くさしのべて）

金子　グッと上げないんだ。

鶴見　すぐチュンチュンチュンとやっちゃだめなの。こうやって、こうやってから、こうやっ

て、後ろ向いて、こうやるの。

金子　なるほど。

鶴見　だから俳句というのはすごいなと、いまは私思っています。以前は俳句は私にわからない、私はわからんちん、そう思っていたんです。私、ほんとにおもしろいというのは、金子先生と幸綱先生にすごい共通点があると思ったの。幸綱先生も金子先生を尊敬していらっしゃる。だから「青春の二書」の一つなの。お二人とも革新者よ。

金子　私もなぜかあの人と肌が合うんです。とても合うんです。

鶴見　合うわね。いつまでも伝統にしがみついている人と、伝統を踏まえて革新する人と……つまり伝統を知らないでただ踏み出すとフラダンスになるの、踊りは。

金子　型はずれというやつですな。

鶴見　うん、型がはずれちゃうの。型を越えるのと型をはずれるのとは全然違う。型をはずれたらもう何もないの。型があるから外国にも俳句というものが普及している。それは季語を落とせば普及できますよね。季語にこだわったら普及できないですよね。

朝日煙る手中(しゅちゅう)の蚕妻に示す　　兜太

金子　そうなんです。

鶴見　というのは、それぞれ地域によって季語が変わってくるから。

金子　うん、そのとおり。

鶴見　だからただ、ただこだわっていては普遍性がなくなるの。

金子　そうでございます。

鶴見　五七五の短詩定型、そこにきっちりこだわれば非常に大きな展開、発展の未来がありますね。

金子　いや、いま、おのずからそうなっているみたいです。そういう流れが出てきています。

鶴見　そうでしょうねえ。

金子　ええ。海外の俳句人口は百万を越したと言われてます。

体のおもしろさというのはつねに感じますね。だから体のおもしろさがない人は魅力がない、そう思うんです。——兜太

鶴見　海外の作品がおもしろいわね。そして子供のがおもしろい。そして大体野人の作品のほうがおもしろいわね。

金子　そうです、そうです。本来、そういう土俗的なものですからね、五七五というものは。

そうなんです。

鶴見　それで俳句は体で演じるものだとも書いていらっしゃるでしょう。そこが私は踊りに通じるんだなあと思ったの。

金子　おっしゃるとおりですね。私は秩父という山国の育ちなもので、しかも私が育ったころは秩父が貧しい時代で、いまでも貧しいですけれども、とくに昭和の初めのころの恐慌、あのころの農村はひどかったですからね。あの貧しい時代に育ったものですから、みんなが一日何もしないで、する仕事がないんです、ふらふらふらふらしているという現象が子供のころの記憶に残っているんですよ。そうするとその人達の姿がみんな普通の動物たちと同じ、人間という感じがしないんですから（笑）。だから私は、人間というのは逆にいっておもしろいものだと、ずっといまでもおもしろいものだと思っているんです。

鶴見　それを「与太というなり」（笑）。

金子　そうなんです。だから自分もその仲間の一人だと思っていますから、「与太」という言葉が非常に暖かく響く。それで見てると、おっしゃるように、体のおもしろさというのはつねに感じますね。だから体のおもしろさがない人は魅力がない、そう思うんです。私と黒田君のつきあいが長いのは、この人の体がおもしろいからなんです（笑）。それに動きがおもしろいし、装束がおもしろいし……。だからおっしゃるとおりです。頭じゃなくて、体がおもしろくないとだめ

> 暗闇の下山くちびるをぶ厚くし　兜太

なんです。

鶴見　体が動かなきゃだめ。体が固い人は頭も固い。

金子　それでこんなことがあるんです。鶴見さんが昔、ご記憶はないでしょうけれども、私と幸綱がある会に行っとったんですが、その壇上に鶴見さんが現れてあいさつされたことがあったんです。ええ。こっち側から立ってツッツッツッと進んで、壇上に立って、その時じつに堂々としていて（笑）、それで幸綱が「堂々としてるなあ」といって感心して私の顔を見たから、私も「うーん」といって感心したんだけれどね。それをこの眼で見た時に、ああ、この方はただ固いという感じ、学者だから固いというのがまず第一観念であるわけだけれども、それだけじゃないなあと思ったのをいまもはっきり覚えています。

鶴見　踊りの道楽者だった。

金子　その型にはまっているということもあったんでしょうけれども、そんなことは当時私は知らないわけだから、ただ堂々と歩いてるその姿に体のおもしろさを感じたんです。

鶴見　私、舞台というものは踊るためにあると思ってるの。だから舞台に上がると、話をする時でも踊る時でも私、踊るのよ。私は舞台で踊ってるつもりでお話をするの。だから手をあげたり、いろんなことをするの。私にとって人の前でやることはすべてパフォーマンスなの。

金子　うん。だからそのパフォーマンスというのは一種の美ですよなあ。

鶴見　パフォーマンスだから、体で演じるのが即ち俳句だっていう金子さんの考えがすごくピンときたの。

金子　そこへつながるんですね。

黒田　いまこの鶴見さんの全身左側が麻痺してるなんてだれも思わない。こんなにいきいきと。

金子　全然思わない。思えない。

鶴見　こっちの手（左）は全然動かないの。

金子　ああ、そんなことを書いておられましたな。

鶴見　だから私、金子さんのお書きになったもの、俳句、作品、それから講演の記録、それから選者として、選句というのは自分の主張がはっきり現れるからおもしろいですね。どういう句

心身の痛苦をこえて魂深き水俣人に我も学ばん　　和子

を選ばれたか、テレビでも活字でもそれによってすごく私は触発されます。

金子 そうですか、それはなにより。

鶴見 俳句というのはすごく挑発的ね。

金子 うんうん、うんうん。やっぱり短いからなあ。

鶴見 短くてギュッとやるから。単刀直入にギュッとやるから。

金子 でもそれはね、そう受けとっていただける感性がある方だからでね。

鶴見 ギュッギュッギュッてやられるのよ。

金子 その感性のない人にとってはまったくただの通過物になっちゃうんですよね。

鶴見 このあいだＮＨＫ「全国短歌大会」、「全国俳句大会」と並んだでしょう。両方ずっと見てたの。佐佐木幸綱先生も出ていらっしゃいましたね。そうしたら全国からの応募は、短歌は四万首、俳句は五万句って。それだけの違いがあるのよ、普及度に。一般性にね。

金子 うん、一般性。

鶴見 おっしゃる一般性が、しかも海外にまですごく流れていって、普遍性になっている。

金子 それはありますね。型のもつ一般性ということかな。とくに俳句は短い定型だから。

鶴見 定型がなければフラダンスよ。フラダンスじゃだれも感動しないな。

金子 そうですね。もっとも欧米では短詩と言っていて、定型という言い方はあまりしてませんけれどね。短詩というのは非常に定型的な要素をもった詩です。

鶴見　だから日本は型の文化なの。

金子　ええ。だから日本の場合、その型がいちばんかっちりしてますからね。

鶴見　型があるからね。だからみんな感心するの。

金子　そうです。だから定型短詩は一般性をもち得るんですよ。いちばん平易にそこへはめていけば伝わりますからね、相手に。

鶴見　だけど歴史からいうと、短歌は千三百年、俳句は何年ですか。

金子　そうですねえ。十七世紀からが本格化だから、まあ、四百年。四百年もないぐらいですね。

鶴見　だから短いけれども、短いあいだにずっと流布したのね、広く。それが不思議ね。短歌の歴史はもうこんなに長いのに、それほどでもない。

金子　そうですねえ。どうもそうだと思いますね。とくに短歌の七七が切れて、五七五に七七をつけるという連歌の形式がでましたね。あの時期から短歌の衰微がはじまっていると私は思いますね。やっぱり短い五七五の発句のほうに魅力があったんじゃないでしょうかね。

鶴見　七七、あれ蛇足ね、ほんとに。だけど蛇足がないと私なんか短歌定型に馴れているので、俳句は全然作れません。どうしても短歌定型になっちゃう。

天寵は我にあり　　　　和子
一九九六年一月五日聖母病院に転院を果たせり

金子　ああ、現在でもですか。
鶴見　ええ。
金子　ああ、そうか。そういえばこの『花道』の、とくに後半の短歌を拝見していると、そうですね、かなり緊密ですね、七七と五七五の結びつきが。割れ目を感じないから、切れないでしょうね。
鶴見　そう。切れないの。切っちゃったら何いってるんだからわからない。
金子　一気にグーッと迫る感じがありますから。ああ、やっぱりそうですか。
鶴見　だから人種が違うんじゃないかなと。歌人と俳人は。
金子　いや、そうじゃなくて、五七五七七のもっと集約された形、形式の集約じゃなくて内容的集約、それに五七五を受けとっているんじゃないですか。だから質的にはあまり変わらない形で受けとっているんじゃないですか。俳句の受けとり方と五七五七七の受けとり方を。
鶴見　そうでしょうか。
金子　ええ。そうですよ。

私は「われ」を抜かすと、むずかしいわね。——和子

鶴見 それから「われ」の位置よ、あなたがおっしゃった。「われ」をうんと使うのよ。「われ」を使わない短歌というのが新興短歌としてありましたでしょう。でもいまはまた「われ」を使ってますでしょう。私は「われ」を抜かすと、むずかしいわね。

金子 むずかしいですかね。まあ、確かに。

鶴見 だけど金子先生は「われ」がなくても、どうせ作ってるのは「われ」なんだから、だからそこにある。だからそれを抜かしてもあるんだと。黒田さんは、どう思う。

黒田 金子先生もご一緒でしたね。ドイツの俳人達と交流した時です。彼らがなぜ俳句には「Ich（私）」がないのかと。たとえば〈愁ひつゝ岡に上れば花茨〉。そこの白い野ばらと、作者は同じ時空を共有しているのですから、われをいう必要はないと説明すると、「Oh！」というけれども、三十分ぐらいたつと、またなぜ「Ich」がないのかって質問で……。

鶴見 だって「われ」が歩いて岡に登っているんです。「われ」でなければ歩かないものね。

> 朝はじまる海へ突込む鷗の死　兜太

つまり、言葉として「われ」を使わないほうが読み手にもグッとくるのね。

金子　そうですよ。

鶴見　それが俳句でしょう。「われ」を使うとだらだらしくなっちゃう。

金子　なりますね。だから一歩踏みこむと、「われ」を使った俳句が逆にひどくすばらしい場合がそれですね。

鶴見　あるの？

金子　ええ。切ったほうがいいのに、あえてつけてるすばらしさがあるんです。

鶴見　どんなの？

金子　とっさにどんなのと言われると困るけどな。いい場合があるんだ。何かあるな。すぐに挙げられんが。

鶴見　あるじゃないの。〈夏の山国母いてわれを与太と言う〉。だけど「母」があるからね。

金子　これはむしろ「われ」がないほうがもっとよくなるだろうという気持ちがありますね(笑)。

鶴見　「われを与太と言う」というところにおかしみがあるのよ。「母」がいて「われ」が……。

金子　しかしそういうのはやっぱり作品としては二次的なんでしょうね。一流の作じゃないでしょう。ただおっしゃられた喜劇性がある、諧謔ですか。

鶴見　そう、諧謔よ。

金子　ええ、諧謔のおもしろさですね。
鶴見　俳句のなかに諧謔があるのが俳諧からでてるからね。
金子　そうですね。それで、鶴見さん、与太の句を作ったんです、また。
鶴見　教えてください。
金子　それはね、今度はついにその母親が亡くなったでしょう。だから「母逝きて」というんです。〈母逝きて与太のせがれの鼻光る〉というんです（笑）。
鶴見　「与太のせがれの鼻光る」、ああ、そうか。鼻が光ってきたんだな、やっぱり。やっぱり正統になったということよ（笑）。異端が正統になったということを告白してるんじゃありませんか。
金子　そうですか、鼻が光ってきたというのは正統か。ハハハ。
鶴見　そうよ。天狗になったということよ（笑）。〈母逝きて与太のせがれの鼻光る〉で異端が正統になりました。
金子　いやいや、野暮になったということじゃないかな。
　黒田　お母さま何歳のとき金子さんを……。
金子　数えの十八ですね、満の十七、そうだな。

銀行員等朝より螢光す烏賊のごとく　兜太

黒田　「もち肌の母」とか、いっぱい詠んでおられるんですよ、お母さまのことを。これはどうなんでしょう。「粉屋が哭く」は違う。それは「俺に」ですね。〈海とどまりわれら流れてゆきしかな〉、〈わが世のあと百の月照る憂世かな〉。

金子　そのへんの「われ」は、いっぺん乗り越えてるね。

黒田　それから〈わが湖あり日蔭真暗な虎があり〉。

金子　それらは乗り越えてると思ってるんだけどな。

鶴見　あっ、やっぱりこれはおもしろいよ。〈母逝きて与太のせがれの鼻光る〉。これはおもしろい。もう正統になりましたっていう正統宣言（笑）。

金子　いや、私はむしろ野暮になったかと思った、田吾作に。田吾作化したかと思ったんです。

鶴見　ああ、そうか。畑耕しているうちに鼻が光ってくる。私は天狗になったのねと。

金子　そのへんの連想が鶴見さんと私の違いかもしれませんね（笑）。

鶴見　連想の自由。

金子　そうか。そこがすごいんだな。
鶴見　連想の自由。つまり、私は異端が正統。異端と正統をずっと考えているから。
金子　いや、だからあなたの発想のほうが格調があるわ（笑）。
鶴見　うそでしょ。やっぱり秩父的なのよ。秩父の土を耕して……。
金子　そうなんですよ。だから田吾作になったと思ってるんです。
鶴見　そうだ。田吾作になったつもりなのね。
金子　そうですよ。
鶴見　田吾作になって、堂々と世界を闊歩してるんじゃない。
金子　ええ、まあ気持ちだけはね。堂々としてるという気持ちなんですけどね。
鶴見　だから慇懃無礼なんだ。
金子　えっ？　まあ、そうそう。そのへんですね。
鶴見　それがおもしろいのよ。
金子　だからそこからまた体がおもしろいというのにつながってくるんだけれど、全体的にお

外の空気はこんなにおいしいものか
真冬日の太陽の下に我生還す　　和子

もしろくないと……。私は興味が湧かない。

自由律俳句がだんだん衰微していったというのは、やっぱり五七五の強さを越えられないということじゃないですか。——兜太

黒田 金子さんは身体というものをよく詠まれる。つまり、身体に関心が強くおありです。

金子 関心が……、結局、肉体にあります。

鶴見 私、身体のところでおもしろいと思った句は、『海程』の中の〈裸木は端的に体なのだ〉。

金子 ああ。

鶴見 あれおもしろい。私、ゆうべ一晩中、あれ考えてた。すごいわね。あれは絵描きさんですか。彫刻家？

金子 彫刻家ですね。

鶴見 ああ、彫刻家だからよ。彫刻家はきちんと人間の体の骨格を考えて、体に肉がついている形を考えるんだから。裸木を見て感動したのよ。

金子 うん。なるほど、そうか。

鶴見 それでこれを英語にどうやったら翻訳できるかなと思って、一所懸命考えたけれどだめなのは、「端的に体なのだ」、これは言えないわ、英語では。

金子　ああ、そうですか。「なのだ」という言い方ができない。
鶴見　「なのだ」。むずかしいわね。「端的」もなかなかむずかしい。
金子　ああ、そうですか。
鶴見　straight pose とか、いろんな言葉があるけれども、それは「端的」というような言葉みたいな「端的」じゃないの。でもあれはおもしろかった。
金子　ああ。それは俺も自分で忘れているような句だった。
鶴見　それが俳句だっていうことがおもしろいの。
金子　そうですね。いや、でも言われてみたら新鮮だな。
鶴見　〈裸木は端的に体なのだ〉という。散文としてもおもしろいでしょう。
金子　ええ、おもしろいですね。
鶴見　だけどそれが俳句としておもしろいということの意味はどうでしょう。いまの口語短歌とか、口語俳句もあるでしょう。それと散文との境目はどうなのか。つまり、口語にすると散文らしくなるのよ、散文に近寄っちゃうのよ。だけどどうでしょう。
金子　それはマイナスだと思っています、散文に近づくことは。
鶴見　だめでしょう。だけど「裸木は体なのだ」、「体だ」、「端的に体なのだ」、これは散文として成り立ってるわけ。だけどこれも俳句として。

> 安らぎは充ち充ちてあり医師（くすし）の面（おも）に看護婦の笑みに部屋の調度に　和子

金子　成り立ってますね。

鶴見　いいというふうに見るのはどういう……。

金子　五七五の強さじゃないでしょうか。

鶴見　ああ、五七五ね。だから五七五定型が必要なのよ。

金子　ええ。だと思います。それは自由律俳句ってございましたね。山頭火とか、尾崎放哉とか、あの自由律俳句がだんだん人気がなくなってきた、衰微していったというのは、そこじゃございませんでしょうか。やっぱり五七五の強さを越えられないということじゃないですか。

鶴見　五七五というのは、日本語のリズムが五七五に形成されやすいってことでしょうか。

金子　そうでございます。それは外国でも、生かそうとしてるね。ただ、シラブルというかな、あれでやることにはあまり賛成してないようですね。あれは伝達量が増えちゃうんじゃないでしょうか。そのために、私は意味はしかとわかりませんが、ゲイリー・スナイダーという優秀な詩人、彼が「ストレス」という言葉を使っています。「英語の場合はストレスである」と。

鶴見　英語にはストレスがあるの。フランス語にはストレスがないの。日本語はないの。

金子　ないね。だから大筋で、言葉のかたまりでやると。だからそこが違うんだから、いきなり英語のかたまりというのを考える必要はないんじゃないかと。どこかでしゃべってました、スナイダーが。ストレスでいいんだと。

鶴見　ちょっとそのストレスというの、むずかしいな。

金子　むずかしゅうございますね。私にはよくわからないですが……。つまり五七五という言葉のかたまりで書くということに、あまり興味がないみたいですね、一般的に。フランス人が多少興味をもっています。

■**兜太という名前、最高の俳号ですね。つまり、俳号で生まれたのね（笑）。――和子**

鶴見　そうでしょうね。それから金子先生には、漢詩の影響というのがおありですか。

金子　大変にございます。

鶴見　私、それをとっても感じたのよ。それはやまとことばで詠むべきか、漢語で詠むべきかと、漢字で書いたのと、そのときにどうもやまとことばで詠むとだらだらしくなって、漢音で読

彎曲し火傷（けしょう）し爆心地のマラソン　兜太

んだほうがピリッとするというのが多いように思うんです。

金子 はい、おっしゃるとおりです。

鶴見 そうね。それからはじめのころにお作りになった〈白梅や老子無心の旅に住む〉。

金子 そうです。一番最初の句です。それが私の。

鶴見 これいいわね。ここから出発なさったんでしょう。

金子 ええ、そこから出発したんです。旧制水戸高の時代。

鶴見 つまり漢詩や漢文学をずいぶんご研究になって、こういう句がでてきて、そして作品全体に漢詩の影響がでてるなという感じがします。

金子 ありがとうございます。鶴見さんと同世代だからご承知でしょうけれども、私たちの学生のころというのは、漢文がたしか中学校正課でしたね。

鶴見 必須科目。

金子 必須科目でしたね。そういうことで子供のころから私は非常に興味があって、よく勉強したつもりですね、漢文については。それと私の父親は上海が長かったんです、医者でございましたけれど。その関係で漢文に大変興味をもっていました。兜太なんていう名前もどうもそこからきてるようです。

鶴見 兜太という名前、すごい名前ね。与太じゃなくて兜太。実に魅力的ですよ。

金子　ええ。父親の漢文教養からきてるみたいです。

鶴見　そうですか。だって兜太って読めませんものね、普通の人は。

金子　読めません。

鶴見　いいわね。だれも真似できないもの。最高の俳号ですね。つまり、俳号で生まれたのね（笑）。

金子　そうじゃない。父親は私を政治家にしたかったらしいんです。それできつい名前を……。

鶴見　ああ、それだから兜。

金子　ところが実際はこんなことになって、諧謔の名前になっちゃった。政治家どころか、与太になっちゃった。ええ。母親にしてみると、田舎の主婦ですから自分の産んだ長男は父親の意志どおりに政治家になると思ってたんですね。それがいつの間にかぐれちゃって、遊俳と化しましたから、こいつは与太だと思いこんで、死ぬまでそう思ってたんです。いまは業俳でございますけれど。遊俳の期間が長うございましたから。

鶴見　遊俳人がおもしろいのよね。

金子　ええ、一番おもしろいですね。

華麗な墓原女陰あらわに村眠り　兜太

鶴見さんの「道楽が学問の基礎だ」という発言を読んだとき、失礼ながら、和子さん、これは話ができるようになったなという感じがしました（笑）。──兜太

鶴見　で、金子先生のお家の系統も道楽ご一家なんですよね。
金子　そうそう、そうそう。
鶴見　ああ、そう。私も道楽者よ。踊りと短歌は私の道楽。これが私の人生。私の命を支えている、そういうふうに考えてる。道楽というものが学問の基礎なのよ。
金子　うん、何度もそうもいっておられますね。読んできました。
鶴見　道楽をなくしたらおもしろい学問はできないもの。
金子　だから鶴見さんの「道楽が学問の基礎だ」という発言を読んだとき、失礼ながら、和子さん、これは話ができるようになったなという感じがしました（笑）。それまではあなたは学問のかたまりだと思っていたんです。
鶴見　私、道楽者なのよ。極道って言われてるわよ。

金子　それでとても親しみを……。

鶴見　柳宗悦の流れを汲む織物をやってる藍染のお坊さん、お寺の住職が私のことを「あんたは着物の極道だよ」っていったの。

金子　「極」というのはすごいですな。そこまではなかなかいけないだろう。

鶴見　だって自分で稼いだお金で、着物のいいのを見たらすぐ買っちゃうの、お金がなくても。お金があるから道楽するんじゃないのよ。なくてもあっても道楽するの。

金子　いやいや、あの発言はおもしろかった。共感を覚えました。

相手の痛いところを突くことによって、その人をより深く理解し、愛する。そして笑いとばして、その人に親しみを覚える。それが喜劇。——和子

黒田　ともかく鶴見さんの記憶力はすごい。

金子　いや、驚くな。全く。

鶴見　記憶力じゃないのよ。私、おもしろがってるのよ、俳句を。つまり私がいかに無知で愚

踊り踊る感覚やや戻りくる
リハビリテイションも稽古稽古また稽古　和子

かかということを、きょうは暴露するつもりでお話ししてるの。というのは、私、ほんとに俳句のことをなんにも知らなかったの、黒田さんとお近づきになるまでは。黒田さんによってだんだん誘いこまれたの、誘惑されたのよ。俳句の世界に。

金子　いや、やっぱり感性だな。

黒田　金子さんのお母さまのことをああいうふうな喜劇性、そして金子さんの喜劇性を読み解くというのもすごい。

鶴見　ジョージ・メレディスの……。

金子　うれしいな。

鶴見　諧謔とかユーモアとか喜劇ということは、とてもおもしろいことなのね。相手の痛いところを突くことによって、その人をより深く理解し、愛するって。そして笑いとばして、その人に親しみを覚えるっていう。それが喜劇。だから喜劇のほうが悲劇より深いのよね。

金子　ずばりだな。実に愉快だ。明快だ。

病気になると命が輝いてくる

病気になると、死が近くなると、命は輝いてくるのよ。それをみんなもっと自覚してほしいと思うの。——和子

黒田　金子先生の奥様、金子皆子さんは俳歴も長いし、作品もたくさんおありだったんですけれど、最近の闘病の句集『花恋』で、ほかの女性の俳人がかつて到達することのなかった境地に至られた。そんな感じを私は抱きました。

鶴見　なんか力がある。

黒田　鶴見さんと共通してるんですけれど、年齢を重ねていよいよピュアなんですね。純度が高い。八十になって闘病してらして、ジョルジュ・サンド全集を取り寄せて読もうという方。

鶴見　本質的に若々しいの。〈春雪に夫という不思議な客〉。そう、夫も客なのよ。〈春一番いつきし食べて血を増やす〉。私、これも、雪解けの下から出てくるセリを食べて血を増やしたの。それを思い出した。

金子　ああ、書いてあったな。

鶴見　すばらしい。

黒田　兜太夫人じゃなく、作家として金子兜太と並んだ。

鶴見　あ、ほんと。並び立つ。いや、これはすごいわよ。私自身、病気でいつ死ぬかわからないという状況のなかでこの句集を読んで、胸を打たれるのよ。本を置けないのよ、先に何があるかしらと思って。どの句も一つ一つ独立していながら一巻全体が流れてるの。歴史になってるの、この方の。

黒田　マーラーの演奏会を聴きに行ってすごく感動したとか、なにかもう感性そのものだけで生きておられる感じ。

鶴見　ほんとよ。だから全身が痛いとかなんとかいう時に浮かんでくるモチーフ、作品がすごいのよ。

金子　彼女も大変光栄でしょう。ありがたいと思います。

鶴見　まだ十二分には読みこんでない、さらにこれから深く深く……。だって私の日々と全く同じなんですもの。俳句で闘病できるということ、歌よりももっとずっと衝撃が強いわよ。

金子　共通項がずいぶんありますね。感性に共通の感が強いな。

鶴見　すごい句があるのよ。これ。〈命いちずに海もいなごも人間も〉。

金子　ああ。

鶴見　これよ、私は、いま。つまり病気になると、死が近くなると、命は輝いてくるのよ。それをみんなもっと自覚してほしいと思うの。病気になると、もうだめってなっちゃうでしょう。そうじゃないのよ。奮い立つのよ。この時にはじめて生きているということを自覚するのよ。日々が命でつながるのよ。他の人の作品にないわよ、これは。

金子　違う。違うと思う。しかし、ありがたい。

鶴見　私、この句集にはほんとに感動して。全く新しい発見よ。

きものすべてもんぺにせむと思い立ち
おしゃれ心の少し残れる　　和子

黒田　この対談を提案申上げたとき、この句集は出てなかったのですから、ご縁ですね。圧倒的作品数。千百八十六句入ってます。

鶴見　一つのケースに二冊ですもの。しっかりと流れがあるのよ。だから次々に小説かなんか読んでるみたいに読みすすめる。金子兜太さんのおっしゃってきた理論が、ここに肉体化されてるのよ。肉体化されなければだめだって言われるけれど、ここに肉体化されてるの、兜太理論が。

金子　はい、そうです。

鶴見　私、そう思う。金子皆子さんの句集と金子兜太さんの評論、エッセイと、こうやって合わせて読むと、まさに肉体化されてるんだなと思う。これをごらん下さい。〈右腎なく左腎に激痛も薔薇(そうび)なり〉。

金子　はい、薔薇(そうび)という譬えですね。それがでてくるところがすごい。

鶴見　これは「薔薇(ばら)」と読んじゃだめなの。だからこういうところに漢詩の教養が出てるの。

金子　そのとおりですよ。それはまさに薔薇(そうび)だ。

鶴見　だからどう読もうかなって何回か読んでみて、これは漢音で読むべきだ、これはやまとことばで読むべきだ、そういうふうに自分で納得して読めるからおもしろいの。これね、ほんとよ。兜太理論を具現してらっしゃるのよ。具現しなきゃだめなんだから、俳句は。理屈だけじゃだめなんだから。だからすごいのよ。肉体化ということが可能になるのは、やっぱり病気は肉体を根本的に意識させるから。

金子　そうですね。

私の考えているアニミズムというものは、一つ一つの個体に命を認めて、それに精霊を感ずるという、そういう宗教的姿。――兜太

鶴見　それから金子さんが「自然存在」ということをおっしゃって、そして「身体」ではなくて「肉体」という言葉を使ったでしょう。そして、その中に「精霊」も入るとおっしゃったの。あれは、私、驚いたの。それでアニミズム。そういうふうにだんだん入ってきたんだけれど、肉体の中に精霊も入るというのはどういうことか、ちょっと教えてください。

粉屋が哭く山を駈けおりてきた俺に　兜太

金子　アニミズム、あれは原始宗教の一つですね。

鶴見　だと言われたけれど、私は原始宗教じゃなくて、人間の中にずっと流れるものだと思うの。

金子　そうおっしゃってますね。ただ私は、精霊という言葉を得たのは、原始宗教としてのアニミズムというものを多少考えていた、その関係です。これは釈迦に説法ですけれども、一つ一つの個体に命を認めて、それに精霊を感ずるという、そういう宗教的姿。

鶴見　そうよ。ものにだって精霊が宿るのよ。

金子　そうですね。そのことを承知して、それで精霊という言葉を使ったんです。

鶴見　わざとね。日本ではアニミズムという言葉は精霊信仰と訳してますからね。

金子　ええ、そうです。古い訳し方……。

鶴見　ああ、そうですか。私、精霊という言葉がここに出てきたんで驚いてね。

金子　鶴見さんか使っておられるアニミズムというのは、私はちょっとノートを作ってきたんだけれど、E・B・タイラーか。タイラーの造語だとおっしゃってますね。

鶴見　タイラーは原始宗教。

金子　で、これでは魂といってますね。

鶴見　そうなの。

金子　結局、同じことなんでしょうけれども、私は古い使い方をしたということ。

鶴見　だけど、そうすると霊魂の不滅ということを、私はなんと考えたらいいだろうとずっと考えているの。肉体は死にますね、朽ちますよね、だけど霊魂は不滅である。

金子　ああ。私の場合、素朴に命といっているんですが、命不滅説。したがって命には霊魂が宿るという考え方ですね。

鶴見　そうすると不滅というのは循環思想ですね。

金子　循環していくということですね。そうです。

鶴見　私もそう思っているの。死んでも自然のなかに散らばっていくから。

金子　荘子の言葉が好きで……、物化論といってますね。こんなことはご承知のことですが、それを受けた李白の詩で、荘周が蝶を夢見た、そして蝶が荘周だったという、有名な詩句がございますね。あれが荘子の考え方を受けていると思うんです。要するに一つの命が具体的な個体から死ぬことによって離れる、離れた時に別の個体に宿る、また次の……と、物化というのはそういうことだと思うんです。そう受けとっていますが、私はそれがいちばん自分の考えに近い。命は不滅と。

鶴見　なるほどね。それは柳田国男が、死んだ人の霊魂は、あの人は家族主義だから、そこの家に死んだ人が死んでからいちばん早く生まれてくる子供の中に入る。それでずっと続いていく

黒い桜島折れた銃床海を走り　兜太

というふうにいってるんです。そういう信仰なの。

金子　ああ、そうですね。

鶴見　だから霊魂が肉体から離れるんです。それが原始宗教なのね。たとえば、眠ってる、そうすると離れてどっかへ行って、何かおもしろいものを見たりお話しして、また帰ってくる。

金子　そうそう、私もそれを信用します。だから死んだらいろんなものに宿って、いろんな個体に宿って、またどこかに蘇るという……。

鶴見　そうよ。私、それだけど私は死んだらばらばらになって塵泥（ちりひじ）になる。そしてまた違う形で凝集して、何になるかはわからない。だけどこの地球というもの、宇宙といったらいいかな、自然というのはもっとも大きな生命体である。それで個体というものは微小宇宙である。だから地球という生命体が生きているかぎり、死んでもまた、何かの形で新しい微小宇宙としてここへ帰ってくる。だけどこの地球という自然がなくなっちゃったら行き場がなくなるわけよ。だから困るわけよ。だからどうしてももっともおおいなる生命体としての自然が保たれることが必要だと。それがエコロジーなのよ。だから輪廻転生というのは、このおおいなる生命体のなかで輪廻転生してるんですね。このおおいなる生命体を人間が壊しちゃったら、どこにも行き場がなくなるでしょう。

金子　結果的には私の受けとり方と同じかな。だから私がいま死んだら樫の木になるとかね、次は蚊になっちゃうとかね、そういうふうなことで転生していくと。

鶴見　そうそう。だけどいままでずうっと人間は、そういう過程を通して四十億年の命を人間という形になってきたのね。だからこの人間が死んだら、またどこへ行くかわからないのね。

金子　ああ、そうか。いや、そこはちょっと違うんだ。命は人間という個体は失っても、次は樫の木に宿って、樫の木という個体になる、生き物に……。

鶴見　霊魂がね。

金子　はい。そういう考えだから。

鶴見　だから大自然というものがいま大事なのよ。文明がこれを壊そうとしてるのよ。これが壊れちゃったら行き場がなくなるのよ。

金子　それはまったくそのとおりです。

病人の仕事は多し　車椅子　CTスキャン　レントゲン
リハビリテイション　ディクテイション　和子

鶴見　私、それがいちばん大変なことなの。
金子　その通りでございますね。それはそうだ。それは樫の木だとかなんとかいったって、森がなくなっちゃえば……。
鶴見　だって自然がなくなったら樫の木もないもの。
金子　ございませんからね。
鶴見　蝶々もないのよ。
金子　ないからなあ。
鶴見　死んだ人の魂は蝶々に宿るっていうでしょう。だけど蝶々もいないの。
金子　いないんだからなあ。
鶴見　そうしたらどこに入ったらいいかわからないじゃない。
金子　それはだめだ。
鶴見　そう。永久の浮浪人になっちゃうわよ。

■ほんとの自由を得るのは死んでからじゃない？——和子

金子　むしろ消滅するんですかね、命は。
鶴見　そうよ。そうしたら命は消滅ね。

金子　消滅しますね。

鶴見　個体というものはなくなっちゃうわね。帰るべき故郷がないんだもの。

金子　そうですね。鶴見さんは死んだら海に撒いてくれとかいって、ご自分の骨を。

鶴見　日本人は山に帰るか海に帰るかでしょう。どっちの思想ですかって、私、民俗学者やなんかにきくのよ。そうすると両方ですねってだいたいいうのね。山の人は山にゆくというし、海に近い人は海にゆくという。だけど私は海にゆきたいというの。灰は海に撒いてほしい。どうしてかというと水は循環できるの。蒸発して天に昇って、また雪や雨になって地に帰ってくる。だからしょっちゅう循環してるの。だけど土は循環しないでしょう。そこにいるだけでしょう。私は循環したいの。だから水の中に撒いてくれって。

金子　ああ、循環するという理由からですか。

鶴見　循環思想なの。循環という言葉をやまとことばで何といいますかって、幸綱先生にきいたの。私は「経（へ）めぐる」という言葉がいいと思っている。経めぐってるのよ。

金子　うーん、なるほどね。

鶴見　だから死ぬというのは、ちっとも怖いことじゃないのね。

金子　それはまあそうですね。

鶴見　解放よね。

金子　そういう考え方になればね。

鶴見　私という個体に閉じこめられていた魂が、ふわーっと海でも宇宙でもどこかに解放されるでしょう。うれしいじゃないの。私はそれがいちばんのすばらしいことだと。

金子　なるほど。解放か。

鶴見　解放感。ほんとの自由を得るのは死んでからじゃない？　死ぬまで一所懸命生きて、生きられるだけ生きて、そして死んだら解放してもらうの。

金子　うーん。感覚的にはわかるんだが、私はこだわるようだけれど、別な個体に移るという考え方だな。

鶴見　個体に移る、それはいいと思うのよ。

金子　わかりやすいですね。

玲瓏の自由人

鶴見さんの歌集は、非常に燃えているのに、落ちついた香りのある空気が、ずうっと広がってくる。祐輔さんもそういう自由人じゃなかったのかと。

——兜太

金子　ところでね、私は鶴見祐輔、お父さんの……。私は妙にこの鶴見祐輔さんという人に、青年期から親しい気持ちがあるんです。もちろん全くお目にかかったことも何もないんですが。そのことをちょっと今度のことで考えてみたら、子供の時の『プルターク英雄伝』。あれで鶴見祐輔の名前が印象づけられて、私はあれを愛読したんですよ。

鶴見　そうですか、あれを読んでくださった。

金子　ええ。あれを田舎の少年が熱読したわけですけれど。

鶴見　いま、潮出版社から文庫本で出てますよ。

金子　その時から鶴見祐輔の名がずっと刻まれて、そうしたら妙なことを若い時は覚えているもので、祐輔氏の随筆だったと思う、いまでも忘れないんですが、祐輔さんが五十代だろうな、私が二十代前後ですからね、彼が宿屋に行ったんです。そして椅子に腰かけて、本を三冊ぐらい、小説と評論集と何か、むずかしい論文集を持っていって、まず小説の何とかかんとかを読みはじめた。そしてその次にはこれ、と順ぐりに読む。そういうじつに単純な随筆を読んだことがあるんですよ。その時、なるほど、自分がいま育ってる環境では全く考えられないような自由人というのがいるんだなと感じたんです。自由人という印象がとても強くて、私自身が青年の気持ちのなかで自由人というのにあこがれていたものですから、よけいそうなんでしょうけれどね。ただとても自分の、秩父の限定された環境で、肉体のおもしろいような、そんな連中ばかりいるようなところでは考えられもしなかった、想像もできなかったゆとりのある自由人に出会えたと。それが私、印象に残っているんですよ。それ以来、妙に鶴見祐輔、鶴見祐輔って……。だからあなたがその娘さんだと承知した時、その意味で非常になつかしかった。

鶴見　ありがとうございます。

金子　それで、じつはそういう関心があると、おもしろいことに気づくものですね。私は尾崎放哉という、いわゆる放浪の俳人と言われている男。あの人も好きでずっと読んできたんですが。彼の書簡集を読んでいたら、死ぬ一か月ほど前に、自分の師匠の荻原井泉水に宛てた手紙があった。あの人はさかんに手紙を書いていますが、最後はまったくの孤独に追いこまれていますから、勘当がこわいといっていますけれども……。その時にその手紙の中で、昔のことを思い出したと、書いていたのは、野間清治、講談社を創った野間清治氏のことでした。放哉は大学の卒業証書を三年間、大学に預けっぱなしにして、行かなかったんです。それで三年目に行ったら野間清治がいて、野間清治は高文を二度落ちて、しょうがなくてそこに勤めていた。そして彼はそこで一計を案じて、大学・高校の、あれは一高、東大ですな、一高、東大の弁論部の連中の論文を集めて、『雄弁』という雑誌を出して、原稿料はただで集めて出して、それが売れて、それから講談社の基礎を創っていったと。そしてある日、もう野間がけっこう講談社を伸ばしていたころ、町で電車に乗っていたら祐輔君に会ったというわけです。そして、祐輔君と野間があの時、弁論部の論文で大儲けしたなという話をして笑った、という次第です。だから祐輔君も儲けの材料を提供した一人じゃなかったのかなと。たしか弁論部にいたんですよね。

鶴見　弁論部です。

金子　ですね。だから祐輔君も軽い意味の被害者だった、というようなことをいって笑ったと

病院のふきぬけの上の天空に冴え渡る月を見つ雛の夜(よ)の幸(さち)　和子

いう、そんな話を放哉が思い出していたんですね、死ぬ一か月前。そういうことを覚えてるとね。

鶴見　ああ、それでわかったわ。どうして私の父が野間清治さんと親しくなっていたのかが。父の著書の多くは講談社からでています。父の本はだいたい大日本雄弁会講談社から出てるんです。

金子　ああ、やっぱりそうだったんですか。

鶴見　だから結びつきが非常に強いんです。

金子　なるほど、そのころか。

鶴見　そこからはじまったのね。一高弁論部から。

金子　それで鶴見祐輔と尾崎放哉はほぼ同年かなと思って調べたら、生まれ年が同じですな。放哉と祐輔さん。同じですよ。一八八五年でしょう、明治十八年。

鶴見　十八年、そう。

金子　だからそういう奇(く)しき因縁を発見いたしましてね。それで祐輔さんの、そういう意味の私の関心をずっとたどっていくなかで、今度、あなたの歌集『花道』を読んでいまして。とくにこの『花道』の後半部にきて、かなり短歌を作りなれてきたという感じがありますね。

鶴見　ああ、後半にくると、やっと破調から抜け出してくる。はじめは全くの破調なの。

金子　読んでゆくうちに、落ちついた香りのある空気というのを感じだしたんですよ、『花道』の後半にきて。落ちついた香りのある空気がずうっと流れてくる感じがしましてね。その中に、さっきもいろいろお話にあったように、情熱が燃えてるというかな、非常に集中した熱気が燃えてるという感じがあってね。それで病気に耐えてるということが読みとれてきたんです。その耐えている熱気、非常に熱く耐えているという、その印象があると同時に、そこから漂ってくる空気が落ちついた香りのある空気なんだ。この不思議さなんですな。

鶴見　いや、だんだん落ちついていく。

金子　非常に燃えているのに、落ちついた香りのある空気というものが、ずうっと広がってくる、熱の力の中からそれが出てくるというところを読んだ時、祐輔さんという人がそうじゃなかったかと。そういう自由人じゃなかったのかと。

鶴見　ああ、兜太先生こそ自由人。この人、そうよ、ほんとの自由人兜太。

果樹園がシャツ一枚の俺の孤島　兜太

父は、文筆をもって立つということはどんなにすばらしいことかということを、私に吹きこんだの。――和子

金子　そのことを思い出したんですよ。そんなことをいろいろ思い出して、これは一度、父祐輔ということについての鶴見さんの話を聞きたいと。それで一つお聞きしたかったのは、あなたもそうなんですけれど、尾崎放哉とか種田山頭火という、放浪者とか漂泊者と言われた人間について何かお考えになったことがありますか。また、あるいは祐輔さんは、そういう人々がお好きだったんですかね。

鶴見　父は『自由人の旅日記』という本を書きました。どうゆう旅かというと、『欧米遊説記』とか、だいたいそういう外国旅行ね。外国旅行の時に『自由人の旅日記』を書いたの。それで父は新自由主義、古い十九世紀の自由主義じゃなくて、新自由主義というのを標榜して、「新自由主義協会」というものをつくって、『新自由主義』という新聞みたいなものを出していましたね。父はだから自由ということはすごく好きだったんですよ。

金子　ああ、そうかもしれんな。

鶴見　好きだったんだけれど、結局、晩年は自分は政治に打ちこんでね。私、父はほんとに不幸な人だと思うんです。

鶴見祐輔『自由人の旅日記』ポスター

金子　うん、何かそれはずっとありますな。

鶴見　というのは、私は父を気の毒な人だと思ってるんですよ。というのは、才能がある、能力もある。にもかかわらず、自分のめざした目標と、自分の能力が齟齬したんです。だってね、父は政治家に向かない人でした。

金子　どうもそう思います。

鶴見　父が尊敬した政治家は、アメリカではウィルソン、それからイギリスでは『チャーチル伝』も書きましたし、『ヂスレリー』も書きました。いろんな人を書いたけれど、ウィルソンがいちばん自分の指標だったの。だけど日本の風土は、ああいう政治家に向かないの。

金子　向かないな。

鶴見　つまり、親分にならなきゃ。親分になるにはお金をたくさん集めて、そして派閥の親分になる。

父はそういうことのできる人じゃなかったのね。それで私は父が脳軟化症で倒れる前の晩に激論したの。

金子　ああ。

鶴見　それで私はとっても父に責任感じてるんですけれどね。「お父さんは政治に向かないわよ。いくら落選しても政治に出ようと思ってる。お父さんは文筆家として立てるじゃないの。いちばんお父さんが得手としているのは教育家よ」ってね。父は教育家としてすごく優れていたと思うの。というのは、人を見て、この人は何に向くか、どういう才能があるか、どういう性格かというのをすぐ見抜くんですよ。それを私が感じたのは石本（加藤）静枝さん、あれは私の父の一番上の姉の長女ですから、姪です。あの家は広田といったの。広田家に父は学生時代に大変世話になっていたんですよ。だから静枝さんをかわいがって、静枝さんの教育を一所懸命したの。それから自分が結婚して、私が生まれてからは私の教育を一所懸命やったの。そして静枝さんの話すところによると、父は静枝さんの人生のモデルとして、ジャンヌ・ダルクのようになれって、ジャンヌ・ダルクの話ばっかりしたんです。静枝さんは「私はジャンヌ・ダルクになるつもりだったのよ」、そういってたんですよ。それで私には何の話をしたかっていうと、マダム・スタールです。

金子 ほう。

鶴見 マダム・スタールというのは、ナポレオンに反逆して、文筆をもってナポレオンを批判して、それでパリを危険分子として追われて、自分のお父さんの領地に行って、そこでサロンを開いたんです。そうして当時のヨーロッパのいろんな文人を集めて、それこそ自由人を集めてサロンをして、そういう人たちと華やかな恋愛をしたんです。そうして小説を書いたり批評を書いたりしてたの。その話をずっとしたんですよ、私には。だから文筆をもって立つということはどんなにすばらしいことかということを、私に吹きこんだの。だから私は政治嫌いなんです。父は政治家じゃないんですよ。政治家になるべきじゃないんですよ。権力を握る人じゃないのに自分は権力を標榜したんです。

金子 反面教師ってやつかな。

鶴見 だから私はもう政治家は全然嫌いです。

完復は不可能と医師に知らされて
限界まで自力ためさんと決す　　和子

金子　そうでしょうねえ。

鶴見　それだから私は、ほんとに自由人になりたい。マダム・スタールのような人になりたいと、父は私にそういうふうに思いこませたのよ。そうして静枝さんには、ジャンヌ・ダルクのようになれ。つまり闘士になれって。私のことは闘士向きだとは思わなかったんですね。だから文筆で立てというふうに、ほんとに教育してくれたの。だからそういうふうに人を見抜く力と、それを育てる非常な能力をもってたわけよ。

金子　どうもそういうことですね。

鶴見　父は教育家として優れてたけれど、政治家としてはだめです。全然政治家になれない。日本は親分政治ですからね。ああいうふうになれないですよ。お酒も飲めないから。お金もつくれないしお酒も飲めなかったら、親分になれない。

金子　そうでしょうね。いまでもそうじゃないですか。

鶴見　いまもそう。

金子　ほんとの自由人というのは、政治家としては不向きでしょう。

鶴見　ああ、不向きよ。全然票が入らないわ。

金子　だめですね、うん。そうなんだなあ。

鶴見　演説ばっかりしててもだめなのよ。

お父さんは教育者になったほうがいいと、私がそういった時に父はすごく悲しんだんです。——和子

金子　うんうん。いや、だからそれのもつ清潔感というか、静かな……、静かな香りのある空気というのは、自分でもわれながらいい言葉だと思ってるんだけどな（笑）。静かな香りのある空気を祐輔さんに感じ、かつ和子さんに感ずる。

鶴見　だけど私は父を悲劇の人だと思っています。

金子　ええ、悲劇は悲劇です。

鶴見　悲劇ですよ。

金子　政治家を望んだ理由というのは、いまのお話でわかったけれど、やっぱり後藤新平さんの影響ですか。

鶴見　いえ、違います。子供の時から、父はやっぱり明治の人ですから、立身出世を考えたの。

金子　ああ、やっぱり。

鶴見　というのは、家柄は鶴見内蔵助から出てて、大石内蔵助と鶴見内蔵助と「二人内蔵助」という芝居も書かれているように、大石内蔵助の城明渡しに差し向けられたのが鶴見内蔵助。それで大石の部下はみんな鶴見内蔵助をやっつけちゃえといって結集してたのをなだめて、無事城

明渡しをしたの。今度は鶴見のほうは、その藩は岡山藩で、跡継ぎがなくて城明渡しになる。だからまたそこで城明渡しをした、そういう家柄でした。城代家老だったんです。だからその責任をとって……。そうして後から、その藩主がまた跡継ぎがないから大きな藩主になれなくて、手永というもっと下の役職になって、そうして高梁(たかはし)という、今の岡山県の一つの町の代官になったの。そういう経緯があって、自分の家柄は城代家老といえば侍の高い位でしょう、それがだんだん没落しちゃったわけ。そうして父の父は、経歴がよくわからない人なの。

金子　ほう。

鶴見　その人はもう侍なんかいまの時代はだめって、明治になってね。それで侍の株を親戚に譲って、その方は亡くなりましたけれど、私はその方の奥さんとまだ文通してますけれど、譲って、侍をやめて技師になったの。

金子　ああ、技術者。

鶴見　それで紡績技師で工場長になったの、さらにそれを他の紡績会社に譲り渡したりなんかして、没落しちゃったんですよ。それだから父は鶴見家再興ということを考えたんだと思う。そうすると政治ということが結びつくでしょう。自分こそ再興しようと。それで一所懸命勉強やってたけれど、兄弟が多くて、兄弟のめんどうをみなくちゃならないとか、いろんなことがあって、果たせなかった。だからどうしても政治家になって……。私、その晩に論争したんですよ。お父さんは教育者になったほうがいいと、私がそういった時にすごく悲しんだんです。「お前は女だから男の気持ちはわからない。男は自分が何か志を立てて思想をもったら、その思想をみんなの上に実現したいと考える。それは権力をにぎることによって実現できるんだ。だからどうしても政治家になりたいのだ」。はっきりいいました。「ああ、それじゃしょうがないわ、じゃあ、ここらへんで寝ましょう」っていって寝て、その翌日の朝、父は倒れたんです、寝床の中で。だからなんだか私が父の病気を引き出したように思ってね。

でも、権力をもちたい女性が案外いま増えているんじゃございませんか。――兜太

金子　でも娘さんにちゃんとつながっているんじゃないですか。

鶴見　責任感じましたけれどね。私はだからほんとに権力とか、そういうものがもうすごく嫌

どれも口美し晩夏のジャズ一団　兜太

なの。
金子　どうもそうですね。しかし結局お父さんのいいところを継がれたんじゃないですか。
鶴見　いや、父ほどの能力はありません。学問というのは女にいちばん向いてるってふうに考えるんです。権力をにぎる必要がないでしょう。
金子　ああ。あのころは男性優位ですからな。うん。
鶴見　それでいまは、こうして隠れ里にいるんです。この庵に入って、私はいまは自称山姥（やまんば）と。で、私の最後の歌集のタイトルは『山姥』です。
金子　さわやかな山姥ですな。
鶴見　山姥だから、毎日、空を眺めて、ああ、あそこへ浮遊していくんだなって考えているの。死んだらあそこへずっと浮遊していくんだなあと考えてる。男の人は権力がもちたいんですよ。
金子　もちたいですね。それはもちろん。それはみんなもちたいです。
鶴見　ね。女は権力なんか嫌なんですよ。
金子　でも、いや、もちたい女性が案外いま増えているんじゃございませんか。
鶴見　いや、いまそれは私、女じゃないっていうの。私は男は女並になるのがいい、女は男並になったらもう女でなくなるからだめだ。
金子　うーん、だめということには私も賛成なんだけれど、ずいぶんなりたがっているんじゃないでしょうかね。

鶴見　そうよ。なりたがってるから、嫌い、そういう人は。私もうちゃんと名指しできるけれど言わない（笑）。

権力を追求してた人が何かの形で挫折してそこから離れると、玲瓏の人になるのよ。——和子

金子　いや、この歌集の中に、いまのお話がぴったりの歌があるんですよ。〈権力も金力も名声も失いて玲瓏の人となりゆきし父〉。

鶴見　そうなの。

金子　「玲瓏の人となり」、いいですな。死んだってことではないですよね、これは。

鶴見　父は晩年ほんとに俊輔や私の思想に共鳴するようになったの。戦争反対。

金子　少年期、青年期に私が関心をもった、あの自由人が。

鶴見　権力意識を全部捨てたの。だから……。

金子　ここに到達したということはいいですね。

鶴見　ほんとに父は玲瓏の人になったのよ。そして最後に、父を尊敬して下さって、いつでも見舞いにきてくださる方がいらっしゃって、「先生の宗教は何ですか」ってきいたの。それで私

霧の村石を投らば父母散らん　兜太

は、父が遺言を書いたのを金庫の中にしまってて、それを見ると、「葬式は禅宗で」と書いてあるの。だから「禅宗でございます」といったら、父は「違う」と手を振るのよ。何いっても違うってふりをする。私、困っちゃって。そうしたら父がこういうことをやったの。仰向けに寝てて、こうやってこうやったの。円を描いて……。だからいろいろ考えた末にここへきたって。その「ここ」は何だろうと思って、最後にきいたのは「クウェーカーですか」。というのは新渡戸稲造先生がクウェーカーなの。よろこんでうなずいた。「それじゃあ、新渡戸先生のご感化がいま現れたんですか」といったら、「そうだ」と。それで私と俊輔と二人でクウェーカーの方のところへ行って、「父がクウェーカーになりたいといってますから入れていただけませんか」とお願いしたら、「試験」をして下さった。私が通訳になっていろいろきいて下さった上で、「はい、どうぞ」って許されたの。それじゃあっていうので、父の葬式はクウェーカーでやりました。だから父は最後に自由人になったと思うの。「玲瓏の人」というのは、そういう権力を離れた人ということ。

金子　そういう意味ですよね。失礼ながら、こういう言葉が歌として出てきたのは、やっぱりあなたがいまの状態、病気でいまの状態になってるからじゃないんですか。元気に学問をしておられた時には、こういう父への言葉というのは出なかったんじゃないですか。

鶴見　そうかもしれませんね。

金子　うん、これはいい言葉だと思うんですがね。

鶴見　そうだと思います。私、西行とかスピノザとか、ああいう人たちが好きなの。どうしてかというと権力の中にいたのよ、スピノザも西行も。そして権力から離れてのち自由思想家として。

金子　西行も、小さな権力だけれど。

鶴見　だけど挫折したのよ、その中で。そして権力から離れて、西行は吉野山にこもり、スピノザはあの小さな村に行って、ガラスを磨いて生計を立てたの。私、スピノザの家にも行きました。それだから、権力を追求してた人が何かの形で挫折してそこから離れると、玲瓏の人になるのよ。私、そういうことを考えてるの。

金子　うーん。まあ、よい資質の人間がですな。それは。

鶴見　そう。

金子　一般的にじゃないでしょうね（笑）。

萎(な)えし掌(て)につつじの蕾触れさせて
燃えいづる若き生命いただく　　和子

鶴見　だから人間は成長するのよ。生きてるかぎり成長できるのよ。

金子　そうそう。いやあ、これは私が関心をもってきた祐輔さんだけに、その娘さんがこういう言葉で父を歌にした、これちょっとショック受けたんですよ。そして自分は果たして玲瓏の人になりうるかという……。

鶴見　ああ、玲瓏の人よ、もう（笑）。兜太さんは病気にならないで健康体で玲瓏になったんだから、これはもう病気になって玲瓏になる人よりさらにすばらしい。

金子　零落の人じゃないですか（笑）。

金子さんは進行形ね。自由人は進行するのよ（笑）。——和子
進行性自由人（笑）。そうだ、まだまだだ、俺は。——兜太

黒田　金子さん、東大に行かれて、日銀に入られた。でも日銀で全然偉くならなかったという事実があるわけですね。

金子　ありますね。

鶴見　だって組合運動やったから。

黒田　なぜ組合運動をやったのかということ。

鶴見　だってそれは戦争でしょう。

黒田　でも戦争から帰ってきた人、いっぱいいますよ。

鶴見　戦争から帰ってきて、自分の同世代人、仲間がみんな戦争で殺されたことに、自分は生きてるんだから報いなくちゃいけない。

黒田　それからなんで経済学部へ行かれたんですか。

金子　戦争に行く前に経済学部に行ったんだ。

黒田　父を継ぐ医者にならないで……。

金子　ああ。いやあ、要するに自分の周辺がとても貧しかったということですね。その貧困からの脱出ということが一つ。それから家族の中で、とくに母親が非常に大変な辛い立場におかれていた。つまり、家族制度というものを考えたんです。このへんが鶴見さんの分野に入ってくるんでしょうけれど。その二つを知るのには、やっぱり社会学より経済学のほうが根っ子のところがわかるのかと思いまして、それで勉強しようとしたんです。だけどミイラ取りがミイラというか、変な形になって、もう戦争に行くんだから、しょうがない、敗けてもつぶれないところに勤めておけば身の安全だというようなケチな功利主義で日本銀行というところに入ったわけです。

鶴見　だけど私、おもしろいと思う。

金子　ところが帰ってきてみたら、日銀の中の状態が汎封建的という言葉どおり、非近代的だから、この状態ではまた戦争だという、若いからそう思っちゃって、それから目の前にたくさんまだ貧しい人がいましたから、それをなんとか救いたいという、そんな気持ちだったんですね。

鶴見　金子さんの歩みは面白い。実にね。それは佐佐木幸綱先生も同じでしょう。ご自分は歌学の伝統の家柄に生まれて、正嫡ですよね。だからそれを継ぐのが当たり前なんだけれども、嫌なのね。それで革命心を起こして、成蹊大学にいかれたわけね。そしてお父さまの死によって帰っていらしたんだけれど、その時国文学に戻ってこられた。つまり一度、親のところから離れた。それから伝統ね。金子さんの場合も、お父様はお医者さんであると同時に俳人でしょう。だからその伝統から一度離れたところで学問をして、しかも俳句の基礎はできてるのよ、親がずっとやってきたから。だから教養があって基礎があるから淡々として、つまりふらふらしない、土台がしっかりしてるところに立って革新運動ができるの。それが幸綱さんは非常に強いのよ。ずっと代々

お壕端（ほりばた）の樟（くす）の若葉はもえ立ちて今日はじめての遠出迎える　和子

の歌学の家で、歌人であり、学問としても歌学でしょう。だから非常にそれを嫌だと思っても、すでに教養の土台があるのよ。それだから確信をもって革新運動ができるのよ。それが強いのよ。私、そこがすごく似てると思う。だから異端が正統になりえたのよ。やっぱり伝統をしっかり踏まえないでやったら踏みはずすわよ。

金子 それはそうだなあ。

鶴見 伝統がしっかりしててふみ出したから、それは本物なのよ。

金子 ただ、私の勤め先での行動は、日本社会というものの歴史を十分にふまえてやらなかったと思います。まだ客気（きゃっき）というか、青年の若気で……。

鶴見 そうそう、若気の至り。

金子 若気の至りで、いたずらに近代化をあせったということから爪先立っちゃって、そこをすくわれたと、そう思っています。だからおっしゃることは別の意味でよくわかります。ただ文芸の世界では、一応、私は、おっしゃるとおりの世界を歩いていますけれども……。

鶴見 そうよ。だから私、伝統の革新というのは、軽い言葉じゃないと思うの。

三日月がめそめそといる米の飯　兜太

金子　そうです。大変なことです。

鶴見　伝統を踏まえて革新しなきゃフラダンスになっちゃう。

金子　なっちゃいます。

鶴見　私、踊りを見ててすごくそう思うの。新しい踊りというのは、ちゃんと踏まえてないとフラになっちゃうの。だけど新しい踊りでも、ただ踊りを踏まえただけじゃなくて、能まで入って、能をちゃんと、歩き方でも能の歩き方をちゃんと踏まえて出れば本物になるのよ。だからむずかしいのよね。そういう意味で、佐佐木幸綱と金子兜太は。これは二つの金字塔よ。

金子　幸綱のほうがしっかりしてます。それと短歌の世界のほうが革新を受け入れやすいですね。

鶴見　そう？　俳句より？　どうして？

金子　俳句より。やっぱり七七がくっついているせいじゃないでしょうか。あそこでかなり変化が可能なんですね、やや形式的な言い方ですけれど。俳句だと五七五でかたまってますからね。これでかたまってしまうと、なかなか出られない、破れないんですね。それでうっかりするとはずれちゃうんですよ。

鶴見　ああ、はずれちゃうの。ふみはずすのね。

金子　だから幸綱のやった行動は現在、正流になっている思うけれど、私のやってることは、自分ではそうだと思うけれど、俳句の世界のなかの評価は必ずしもそれほどじゃないですね、まだ。たとえば、小説を書いてる小林恭二という作家が俳句について書いていますけれども、彼の叙述によれば、前衛であったような男のほうが伝承的な句を作るとかえっておもしろいと。前衛であったやつのほうがおもしろいと。伝承にしたがって、それを踏みかためてきたやつのほうが弱いというふうなことをいってましたけれども。自分にはその気持ちがはっきりとあるんですけれども、しかし、その評価がまだわからない、十分じゃないですね、世間的には。

黒田　金子さんは、過程ですよね、いま。

金子　まだプロセス。

黒田　完結しておられないですね。

金子　完結してません。

黒田　未完じゃなくて過程。そこが金子さんの真骨頂なんですね。八十五歳。でも、大家であって、大家ではないんですよ。金子さんは。現在進行形。

金子　そう、進行形ですね。

人体冷えて東北白い花盛り　兜太

鶴見　ああ、いいわねえ。
黒田　もしそういう方でなければ私、ごいっしょしてこられないですよ、ここまで。
鶴見　進行形というのは自由人。自由人は進行するのよ（笑）。
金子　進行性自由人（笑）。そうだ、まだまだ、俺は。

■**だって八十五歳でこんな少年ぽいのよ（笑）。――和子**

鶴見　おもしろいな。あの皆子さんの句に〈來竹桃の深紅闘うものは何〉、あれはおもしろいわね。
金子　うーん。うん、うん。
鶴見　だから何と戦うという、いつでもその姿勢なのよ。
金子　うんうん。現在でもありますわね。それは。
鶴見　戦う姿勢がなくなったらつまらないでしょう。

金子　そうです、そうです、そうです。

鶴見　だって八十五歳でこんな少年ぽいのよ（笑）。いいわよ。全く老醜がない。

金子　鶴見さんもそうだよ。老醜はみじんもないな。

鶴見　思想的にも形態的にも……。私は老醜よ。だから山姥なの。

金子　いやいや、まだ姥じゃないな。山姥じゃないな。やっぱり戻るようだけれど、祐輔氏のもってる玲瓏なものがしっかりと引き継がれているんですよ。

鶴見　まだ玲瓏になんて達してない。

金子　まだそこまではいかんかもしれないけれど。まぎれもなく引き継いでる。

鶴見　だから玲瓏に至るまで生きたいと思って、いつも……。

金子　燃えればでてくるんです。

鶴見　一所懸命励んでいるの。毎日、食べ物に気をつけて、夜寝る時間を多くして……。

金子　よい形で父を娘が継いだということじゃないかな。

鶴見　そんなことないわよ。だけど父がほんとに一所懸命育ててくれた、わがままをさせてく

舞い上がる燕の姿勢想いみる立ち上がり訓練我ままならず　和子

れたんだから、お返しをしなきゃならないなあと思ってるんですよ。でもまだ足りない、まだだめだ、まだだめだと思って、死ねないなと思って……。

金子　ああ、そういうことだ。それは大事ですね。お互いに死ねませんや。

あなたは、内面的な、内に燃えてるものを思想といってる。——兜太

命が短くなると燃えるのよ。辞世の歌なんかいくつ作ったかわからない（笑）。——和子

鶴見　だけど俳句から学ぶということは非常に多いわね。短歌が俳句から学ぶ。つまり短歌より短い俳句から学ぶということはすごく多い。それがわかっただけでも、いままで生きていてよかった。

金子　ああ、それは……。よかったですよ。ほんとうにね。

鶴見　ほんとにそう思います。お蔭様です。

金子　その話、さきほど聞いた時、こっちもちょっとよろこびましたね。よろこびました。ほんとうに。ええ。ともかく鶴見さんの作品には臭みがないわ、専門歌人の。

鶴見　技巧を知らないというだけのこと。

金子　それもあるでしょうね、正直いって。

鶴見　全然技巧を知らないからね。思ったままを出しちゃうのよ。

金子 そうでしょう。

鶴見 感じたままを……。

金子 『回生』の長い、いわゆる五七五七七をはずれたのが、新しい歌体というか、歌の形、その歌がずいぶんありますからね。技巧なんてものは考えないで作ったんでしょう（笑）、湧くままに。

鶴見 技巧なんかないわよ。妹に大きな声でただガリガリガリガリ、何いってるのかわからないのをすべて彼女が書き留めてくれたから、この本ができたの。

金子 これを見るとそういう感じがしますね。素人歌人の力というか。

鶴見 素人なの。私は歌人じゃないのよ。歌は道楽。お楽しみにやってるの。

金子 だから歌で思想が語れるようなこともちょっとお書きになってた。

鶴見 そうなのよ。

金子 それは素人のいうことですよ。

鶴見 素人のいうことよ。

金子 専門の歌人はそんなこと一切いいませんね、警戒して。

鶴見 というのは、もう長い論文を書けないから、せめて歌で思想を語りたい。そういうことなの。

台風が山を襲えば我もまた萎(な)えし片身の受け重(おも)りする　和子

金子　そういうことですね。ええ。その思想が表面的なことじゃないということが、きょうよくわかりましたよ。もっと内面的な、内に燃えてるものをね。あなたはそれを思想といってる。

鶴見　命が短くなると燃えるのよ。不思議ね。もう辞世の歌なんかいくつ作ったかわからない(笑)。そうすると燃え上がっちゃって、また作らなきゃって(笑)。困っちゃうの。まだ死なない。それだからお医者さまにいうのよ。「先生、もうそろそろ死に支度でいいんじゃないですか」って。「ちょっとまだ無理だねえ」なんて言われちゃうの。でも別の命がすごく燃えてる。もう毎日、ささやかなことで感動するの。前はそんなことしなかったのよ。つまらない毎日のくり返しだったの。だけどこのごろはちょっとしたことでも、フワッと感動するのね。だから前だとこういう句集などをいただいても、おそらく読まなかったと思う。だけど、今はあらっ何かしらと思ってすぐ読みだすでしょう。そうするとすぐ引き入れられて、自分が挑発されて、触発されて歌がでてくるのよ。俳句を読みながら自分の歌がでてくるって不思議ね。

金子　いいですねえ。

鶴見　うれしいわよ。

金子　基本的に同じなんですね、鶴見さんにとっては。短歌も俳句も。
鶴見　感性が刺激されるの。
金子　刺激されてるんですね。
鶴見　私、確かに俳句には感性を刺激する力があると思うの。
金子　うん。エッセンス。感性のエッセンス。
鶴見　エッセンスね。凝縮してるのね。ところでね、私は気ちがいだと思ってる（笑）。私、倒れて、歌がどんどん出てくる時、気がちがったなと思った。だって倒れて、意識不明にはならないのよ。意識はあるけれど、点滴打ってるのよ。動いちゃいけません、水を飲んじゃいけませんって。こうして寝て、とても嫌なの、蛍光灯にさらされて、ここは電熱器当てて。苦しくてしょうがないからね。それなのにどんどん夢を見て、それが歌になるでしょう。こういうことは気がちがっているんじゃないか、そう思ったのよ。そうしてあちこちに唸り声が聞こえるのよ、救急病院だから。だから私もウワーッと大きな声を出して、〈我もまた動物となりてたからかに唸りを発す　これのみが自由〉という歌があるでしょう。ああいう状態だったのよ。だからほんとに不

谷に鯉もみ合う夜の歓喜かな　兜太

思議なの、歌が出てくるって。

黒田　でももし歌をお若い時になさってなかったら、回生できなかったかも。

鶴見　私、それだったら失語症になってた、いま。もう寝たきり老人よ。間違いなく。

金子　うん。いや、これだけ明晰にしゃべれるって驚くなあ。全部記憶してるんだもの。全く。驚くねえ。

鶴見　このあいだもリハビリの先生からきかれたんだけれど、「あんたは意識失ったことありますか」っておっしゃったから、「いいえ、一瞬たりとも意識失いませんでした」といったら、「フーン」っていってらした。意識失うということ全然なかった。だから救急車の中でもちゃんと意識があるの。

金子　その時は何を考えておられましたか。やっぱり歌が出ましたか。

鶴見　いや、その時はだめなの。夜中になって歌が出た。

金子　ああ、夜中に。落ちついて。

鶴見　落ちついて、病院でベッドに寝た時に歌が出たの。

金子　ああ、すごいね、それは。

鶴見　私、何を考えていたかというと、どこへ行くんだろう、何とか脳外科病院という、そこへ行くんだって聞かされたの。嫌だなあ、いつもあそこのところ、バスで通ってたあそこの病院、嫌だなあなんて考えてたの。

金子　うーん。なるほど。でも実に具体的なことを考えておられますなあ。

鶴見　具体的なことを考えていた。

金子　それがよかったんですね。そうですか。

鶴見　でももういつ死ぬかわからない状態のなかに私はいるのよ。

金子　いや、だからそれがきびしいんでしょう、いいんでしょう。

鶴見　いや、それだから燃え上がるのよ。

金子　そうですよね。

鶴見　まだ何年生きるとか、だったら燃え上がらないわよ。

金子　そうそうそう。

鶴見　いまのままでいたいなあといま思っても、次の瞬間はわからないの。

惜しみなく大事にされて、愛されて、好き放題やれやれって言われてやってきたということの満足感ね。——和子

黒田　でも一切繰り言はおっしゃらない。

二十のテレビにスタートダッシュの黒人ばかり　兜太

鶴見　繰り言？　それが変だなあと言われた。『回生』を上田敏先生に送ったら、がっかりしたり、気が滅入ったり、それが全くないのが変だなあと思ったっておっしゃるけれどね（笑）。そういうことないのよ。私はだから極楽とんぼだというの。要するにどこか抜けてるんじゃないかなあと思うんだけれどね。それはやっぱり親の育て方じゃない？

金子　だからさっきに戻るんだなあ。

鶴見　惜しみなく大事にされて、愛されて、好き放題やれやれって言われて、やってきたということの満足感ね。

金子　うん、ないんだね。不満感がみじんもね。

鶴見　だから気が滅入るということがないのよ。それが変だなあと思うの。

金子　それは政治に関わらなかったということがとてもいいと思いました。鶴見さん、ある時期、そんなこともあったでしょう、関わりそうな時期が。

鶴見　父が倒れた時、言われた。跡を継がないかって。

金子　あったと思います。

鶴見　いや、私の妹のほうが政治向きなの（笑）。
金子　それに早く見切りつけたからよかったんだなあ。
鶴見　そうよ。うちの父は反面教師よ。
金子　お父さんを見てたからね。それが非常にいいんじゃないかな。
鶴見　だって才能をむだに使った、うちの父は。
金子　うん、そう。
鶴見　永田青嵐がシンガポールで戦争中、民政長官をやってたでしょう。アメリカから帰る交換船が途中シンガポールに寄ったの。そのとき彼が俊輔と私を招んでくれたの、官邸に、大きなところに。それでご馳走になった時に、「人間はばかがええ。おまえのお父さんは利口すぎるよ」といいましたよ。
金子　よくわかるな。
鶴見　そうなのよ。
金子　そのばかを引き継いだわけですね（笑）、ばかのほうがいいわけですね。なまじ政治な

おおらかに死を語りあう友のありて
かがよい熄(や)まず我が老いの日々　　和子

んかに関わるよりも……。

鶴見　ばかがいいの。そうなの。

金子　それを引き継がれたわけだ。あなたはしっかりと。

鶴見　そうよ、ばかを引き継いだの。

金子　それがよかったんですね。

鶴見　女は権力志向じゃないの。それが女の本性だと思ってる。生命志向なの、権力は志向しない。だけどいま権力志向の女がでてきたので困るの。

金子　ええ、多いですなあ。

鶴見　それが男女平等だと思ってるようだけれど、私は女は男よりも上だと思うの、強いと思うのよ。だから男並になってもしょうがないじゃないの（笑）。

金子　うーん、だと思うな。

鶴見　だから女は女並でずっといけばいいのよ。それが自由なのよ。権力から自由であることが大事なの。

金子　どうもそこのところが祐輔さんが残してくれた貴重な教訓ですな。

鶴見　そうよ、父の教訓よ。それは自由人。反面教師。

金子　自由人ですな。私もあこがれたんですよ。だから祐輔さんに惹かれたり、いまでもそのことに惹かれるんです。だけど自分が途中で助平根性をだした、戦争体験から。それがよくなかったんですな。まあ、よくないとはいえ、それが体験になって積み重なって現在があるわけだから、やってきたことはマイナスだけじゃないと思いますね。

鶴見 そうね。私たちに反面教師になってくれたということは、これは教訓として宝物ですよ。

金子 そうでございますね。

鶴見 親からもらった財産。

金子 そうでございますね。だから私は自分のやったことを挫折と思っていません。人はよく挫折したと言いますね、私はそういうふうには言わない。

鶴見 金子さんはつねに確信犯でしょう。

金子 確信犯（笑）。うーん、やったことに後ろめたい気持ちはないですな。だから挫折感は持たないんですな。

気合と積極性。それがいいんだな。——兜太

鶴見 あっ、だから挫折感をもたない。私には長いあいだ挫折感があったんですよ。戦争がはじまる前は、戦争が始まっても日本に帰らないってはっきり決めていました。

ここにして女書生の生涯を生き貫かむと隠れ棲むなり　和子

黒田　アメリカでね。

鶴見　戦争が始まってから資格試験に合格しましたから、あと論文さえ書けば博士号が取れるということが目前にせまっていたからね。その時はコロンビア大学の大学院哲学科にいたの。だから帰らないと決めたんです。ところが戦争がはじまって、しばらくして国務省から電報がきたんです。あなたは交換船で帰国する準備ができましたから、帰国するかしないか、二十四時間以内に決めて返事をください。大変だったんです、その時は。帰るか帰らないか。それではじめは「帰らない」と電報を打ったの。そうしたら急にこわくなったの。二十四歳です、その時。親の庇護のもとにずっと暮らしてたでしょう、わがままに。だけど親からは遠く離れているし、それから日本の出先官憲というのは、もう留学生を守る立場にいないでしょう。だから私を守ってくれるものはなんにもなくなったの。で、敵国人として一人で立つことができるか、そうして心を動揺させないでちゃんと勉強できるか。それがとても心配になったの。お嬢ちゃんなのよ。それで心配になって不安になって、それで「帰る」と電報を打ったの。そうしたら今度は体からすっかり力が抜けちゃって、もうどうしようもなくなったの。だからまた「帰る」といって、三回電報を打って帰ってきたの。それだから大変な挫折感ですよ。

金子 それは挫折感とは言えないですよ。

鶴見 学問の挫折。それだからずっと立ち直れなかったのよ。

金子 そうなんですか。

鶴見 でも戦後、プリンストン大学の社会学のマリオン・リーヴィ教授がいらして、徳川時代の社会構造の研究をするから、あなたが助手をしてくれと言われて、それで助手をしたの。私、徳川時代のこと何も知りませんといったけれど、戦後その先生の書いた著書の書評をして送ったことがあったのよ。そうしたらあなたは私の仕事を知っているんだから、やってくれって。それでやりましてね。それでその先生がプリンストン大学へ来ないかって。それで願書を出して、それで受け取ってもらって、奨学資金をつけていただいて、それで行って勉強して、四十四歳になって二十代の男の子と競争したんです。四十六歳で学位を取って帰ってきて、こういうことになったんです。だから戦争のおかげで、最終学位をとるのが二十年おくれました。挫折の時期という

暗黒や関東平野に火事一つ　兜太

のはあったわけよ。

金子 ありましたか（笑）。やっぱり（笑）。

鶴見 それは戦争による挫折なの。

金子 でもそれはあとに引かなかったわけですね。

鶴見 だけどそのままずっと日本にいたら、私はいま、こんなにほがらかじゃないわよ。

金子 だと思いますね。

鶴見 いま、やっぱりだめだなあ、帰ってきたからだめだ、そう思い悩んでいたでしょう。

金子 そこでリアクションをした、その行動が起こせたというのは、やっぱり気力で……。

鶴見 気力というか運がいいのよ。

金子 いや、そうおっしゃるけれど、やっぱり気力でしょう。

鶴見 だってその先生が日本に来られた。それで私を救ってくれたっていう……。

金子 でもその出会いをつくったのは、やっぱり鶴見さんの気力というか、積極性じゃないですか。

鶴見 なんでしょうねえ。がむしゃら性よ。

金子 だからそれですよ。気合と積極性。それがいいんだな。

鶴見 だって四十を過ぎた女が二十代の男の子と、しかもプリンストン大学なんて大変な試験の競争をして、そういう男の子と競争するというのは、がむしゃらよ。

金子 だからそれですよ。そこが違うんでしょうね。

鶴見 私はがむしゃらだと思う。

金子 挫折が尾を引いてないという感じがするな。現実には大変な挫折かもしれんけれど。

鶴見 いや、乗り切ったからよ。乗り切らなかったら挫折してるわよ。あれでもういまごろ鬱病になって、自殺してるかもしれない（笑）。

金子 乗り切れたってのがすごいですよ。それがすごいな。

鶴見 いや、私について、前にここの診療所長をしていらした先生が、あんたの頭の中を調べてみたいっておっしゃるのよ。「どうしてこんな病気になって、そんなにほがらかなのか」って（笑）。「先生、それじゃあ、私は躁病ですね」っていったの。躁病だからですよって。「ああ、軽い躁病だね」（笑）、「軽躁病だね」って、そうだなと思って。私、いま病気なのよ（笑）。

南方熊楠の世界へ

私にとっては、ほんとにすばらしい出会いだった。いまでもずうっと南方熊楠のことを考えてるの。——和子

金子　南方熊楠への関心というのは……。

鶴見　これはいまでもずうっと続いている。私、とってもおもしろいことを思いついたの。だから死ねないの。それをちゃんとまとめないと。

金子　それを楽しみにして。その前に一つ、熊楠とのそのほんとのきっかけというのは何だったんですか。

鶴見　ひどく簡単なことなんです。上智大学の私の研究室にある日突然、平凡社の長谷川興造という編集者がやってきて、『南方熊楠全集』を出しておりますが、第四巻に解説を一つ書いてください」って。

金子　ああ、やっぱりそれですか。

鶴見　だから「あれっ、何ですか、南方熊楠なんて、私、なんにも知りませんよ」っていったの。そうしたら「いや、だれも専門家がいないんですよ」って。「それじゃあ、その本を見せてください」って送ってもらって読んだら、もうはまりこんじゃったの、おもしろくて、おもしろくて。それで「地球規模の比較学」という題で書いたの。そうしたらそれが宮本常一先生と上田正昭先生のお目にとまってね。それじゃあ、今度、『日本民俗学大系』を出すということで、一人ずつ割り当てていった、柳田国男はだれ、だれはだれって。で、南方熊楠は専門家がいないから、私を推薦してくださったの。それだから、どうしてあの時、長谷川興造さんが私のところに解説を頼みにきたのか。長谷川さんに私の何を読んだのってきいたのよ。そうしたら新聞のコラムかなんかに、南方熊楠は日本の公害反対運動の先駆者だって書いてましたって。私、そんなこと書いたかしら、熊楠のことなんにも知らなかったんだけれどって。

金子　ああ、そういう角度からですか。

鶴見　何か書いたらしいのよ、新聞に小さく。それを長谷川さんが見て、じゃあ、これがいいんじゃないかっていって、編集委員会に出したらしいの。その長谷川さんがお若くて死んじゃったのよ、悲しいわ。あの人が生きてれば、まだまだいろんな仕事ができたんだけれど。

金子　なんで民俗学者が南方熊楠に目をつけなかったんでしょうね。とっくに目をつけてていいはずの人ですよね、南方は。それをなんでみんな目をつけてなかったんですかね。関心が鈍かったんでしょうかね。

鶴見　いや、だけど私が南方を割り当てられた時、ちょっと反感をもった人がいるのよ。自分がやりたかったって。

金子　ああ、やりたかったということですね。それはあとからそういうからね、みんな。

鶴見　そのころはまだ未開の土地だったからね。だから自分がやりたかったと。

金子　なんていったって大物だから、とっくに飛びついていいはずだと思うんですがね。

鶴見　それでまだ柳田国男とかだったらたくさんいるでしょう、専門家が。だけど専門家がいないからちょうどいいわけよ。私が書いたのは『南方熊楠』という講談社の文庫本になって、いまでも出てるんです。毎年増刷が出てるんです。だから驚いちゃうわね。だけど私にとっては、ほんとにすばらしい出会いだった。いまでもずうっと南方熊楠のことを考えてるの。

金子　私なんか素人目に見てて、理論の内容とかそういうことよりも、熊楠のもってる体質が鶴見さんに合ったというか……、ああいう粘着力の強い、粘り強い……。

鶴見　私が南方に惹かれるのは、創造性です。その創造性がどこから生まれたかというと、仏教。南方には仏教が頭に入っていたの。そしてアメリカへ行ったりイギリスへ行ったりして、キリスト教にぶつかって、キリスト教より仏教のほうがより科学的に質の高い思想だということを考えたんですよ。そして曼荼羅という古代インドの思想です。古代インドに発祥して、空海と最澄により日本に伝来して、日本に根を張った。その思想を科学方法論として謎解きしたんです。それがすばらしいの。その時は十九世紀の終わりです。二十世紀になって量子力学がでてきたの。それまではずっとニュートン力学が支配していた。新しいパラダイムがでようとした時に、彼はそのパラダイムを予見するような科学方法論を考えだしたのよ。

金子　そこは因果律が終わったという感じのね。

鶴見　私、それがすばらしいと思う。つまり外国へ行って、外国思想にかぶれて、それを日本に持ちこんで紹介する、それが普通の日本人のやり方でしょう。そういうことをしたんじゃないの。それを乗り越えて新しい世界をひらいたのよ。

金子　そういう理論的な共感からですか、熊楠に惹かれたのは。

鶴見　そうです。そこに私は衝撃を受けたの。私もどういうふうにアメリカで学んできた近代化論を実際に乗り越えていこうか考えていたところだったから、衝撃を受けたの。

金子　そうなんですか。

鶴見　いまでもまだ衝撃でね。これをちゃんとつかんでいきたいんです。今度、藤原書店から出していただくのは、対談集で頼富本宏先生。この方は真言密教の大学、種智院大学の学長です。その方との対談で「曼陀羅論」です（『曼荼羅の思想』二〇〇五年七月刊）。その方に南方熊楠の曼陀羅論をどうお考えになりますか、つまり密教の曼陀羅研究の第一人者ですから、その方に南方の曼陀羅をどう評価されるかをおききして、それで私、新しい道がひらけたの。

金子　ああ、そうですか。それはすごい。それは最近のお仕事として……。

鶴見　出していただきます。それをこの対談がすんだら、ゲラがいまきてますから、直して後書きを書いて、出していただいて、またお送りいたします。見てください。

熊楠の理論に惹かれたということ以上に、何かこの人の人間に惹かれているんじゃないか。――兜太

金子　わかりました。私にはちょっとむずかしくてわからないかもしれないけれど……（笑）。

鶴見　そうじゃないの。私はどんなむずかしいことでも、専門家でない人がわかるようにしゃべるという、そういう習慣がついているの。

金子　ご著書を読んでてもよくわかります、そのことは。

鶴見　わかりにくい本は、書き手が自分でわかってないからよ、書いても。ひとにわからないのは、自分だけわかってると思っても、ほんとにわかってないから、ひとが読んでわからないのよ。自分がほんとにわかってたら、日常語で書いて、だれでもわかるように書ける筈なのよ。

金子　そうですよね。それはそうだ。

鶴見　そうでしょう。この俳句の日常性というものも……。

金子　そういうことです。

鶴見　だから俳句はこれだけ普及してるんでしょう。

金子　一般性と日常性。

鶴見　学問もその一般性をそなえなきゃいけないのよ。

金子　同時に日常であるということですね。

鶴見　学問的に高くて、同時に一般性をもたなきゃいけない。一般性というのは堕落だと思ってる人が多いの。そうじゃないのよ。ほんとにわかれば、だれにでもわかるように言えるのよ。

金子　うん。鶴見さんの歌で〈熊楠が命をかけて守りたる神島(かしま)の海に灰を流さん〉という、さっきのお話だと海一般だったけれど、灰を流すと。ちゃんとここを限定しておられるでしょう。限定しているということのなかに、熊楠の理論に惹かれたということ以上に、何かこの人の人間に惹かれているんじゃないかという……。

海とどまりわれら流れてゆきしかな　兜太

鶴見　人間に惹かれたのよ。私は。
金子　ね、それを感ずるんですよ。私も。
鶴見　人間がすごくおもしろいのよ。川柳なんかも作ってるの。
金子　うん、それは私もよくわかる。そういう惚れ方をすると本物だと思うんです。
鶴見　この人は童心なのよ。ほんとにね、兜太先生みたいに（笑）。
金子　いや、それはもう月とすっぽんですけどね。月とすっぽんの違いだけど。
鶴見　だって〈忍び足わが酒盗む夜寒かな〉。
金子　ああ、いいですなあ。
鶴見　ねえ、いいでしょう。熊楠はお酒が大好きなのよ。
金子　非常に豊富な一般性がありますね。その一句だけを見ても。
鶴見　そうね。そういうのをあちこちに書き込んでるの。むずかしい本の中に、そういう川柳みたいなおもしろいのや狂歌みたいな歌などを書いているのよ。おもしろいわよ。
金子　非常に魅力的だなあ。

鶴見　この人の書いたものは、学術論文でも黄表紙本みたいなの。
金子　ああ、おもしろい、戯作ですな。
鶴見　ちょうど江戸時代の黄表紙本。
金子　戯作ですな。
鶴見　そう、戯作みたいなものでね。戯作も書いているのよ、ほんとに。だからとっても私、この人好きなの。
金子　うん。何かそこの共感がないとこういう歌はでてこない。だってさっきの話は海に撒くというだけですからね。神島の海というのがね。
鶴見　いや、だけどそれは私が外国へ行って、外国の理論を学んで苦しんでいることを、この人はちゃんといい形に昇華させたのよ。
金子　うん。だからそこの出会いがすごいんだなあ。縁ということをさかんに書いておられますね。やっぱり縁ですね。
鶴見　縁なのよ、縁(えにし)、それが偶然性なの。必然性論が横行していた時代に、彼は偶然性論をは

感受性の貧しかりしを嘆くなり
倒れし前の我が身我がこころ　　和子

じめて出したのよ。そして、それが大乗仏教の中の密教の曼陀羅の中にあるということをはっきりいったのよ。

金子 それを日本人がやったということがすごいんだろうな。これは大発見だと思うんですがね、私は。

鶴見 大発見なのよ。それをみんななんだか奇人だとか狂人だとかいっていたのよ。

■漂泊者となることによって、はじめて自由人になるんでしょう。——和子

金子 それでこの人は漂泊者ですね。

鶴見 漂泊して最後に定住した。漂泊と定住。定住してから一生、漂泊の夢を見てたの。

金子 うーん。

鶴見 定住と漂泊というのは、私の大きいカテゴリーなの。

金子 ああ、やっぱりそうですか。

黒田 金子さんも定住漂泊という生き方を提案されてます。

鶴見 ああ、そう。私は柳田国男の社会変動論を『漂泊と定住と』という題で書いたの。

金子 私も「定住漂泊」という小さな評論を書いています。

鶴見　ああ、そうですか。

金子　選集に入れています。

鶴見　ああ、ご自分の中に定住と漂泊がある。

金子　現在でも定住漂泊だと思っています、この自分の状態が。

鶴見　そうね。ことに俳人は漂泊者が多いでしょう。

金子　はい、本物の俳人にですね。

鶴見　芭蕉をはじめとして……。

金子　本当に喜劇のわかってる俳人ですね、諧謔のわかる俳人ね。

鶴見　漂泊者と定住者の出会いが大事なの。

金子　はいはい。

鶴見　自分の中で両者を出会わせている人なの、熊楠は。

金子　そうそう。

鶴見　人との出会いで、そこに火花が散ることがとても大事なの。

金子　銀行員を終わるころに、それは自分でつかんだ思想です。

鶴見　だけど漂泊者となることによって、はじめて自由人になるんでしょう。

金子　はい、そうなんです。

身の中に死者と生者が共に棲み
ささやき かわす魂ひそめきく　　和子

鶴見　定住者は自由人になれないわけ。しばられてるの。

金子　まったくそのとおりです。それで自由人になった。だから自由というのがわかってきたのも、そのあたりからですね。

鶴見　私はねえ。こんな病気になることによって、はじめて自由になったの。いま全くこだわりがない。つまりこんなことを言ったら、あの人がこんなことを言って怒るだろうとか……。

黒田　もしも、鶴見さん、ご病気にならなかったら、私なんかとてもじかにお目にかかれません。

金子　うーん。なあ。

鶴見　とんでもない。

金子　それは私も同感ですね。

鶴見　私はばかよ。

黒田　いえいえ。俊輔さんとあまりにも似て非なるところがあるので。あまりにも優等生みたいに見えました。

鶴見　俊輔は私をばかにしてるのよ（笑）。

黒田　敬愛されています。

鶴見　優等生だと思ってばかにしてるわよ。私、優等生じゃないのよ。

黒田　姉は一番病とかよく書かれていますが。愛されてるんです。

鶴見　私、一番なんかになろうと思って一番になるんじゃなくて、女子学習院では最後まで一番なんかになれませんでした。いつもお裁縫の成績が「乙」でしたから。アメリカでは一所懸命やるとなんだかなっちゃうの。お裁縫がありませんでしたから。

金子　そうだよねえ。

骨の鮭鴉もダケカンバも骨だ　兜太

鶴見　私、一番になろうなんて思ってない。

黒田　姉がどのぐらい弟の自分をかばったかと幸田文さんの『おとうと』の映画を見て、泣いて映画館を出てきたなんて書いておられます。

鶴見　だけど私はだから母にいつでも抵抗したの。こんなかわいらしい、小さい男の子を、あんな大きな女がどうして（笑）……。

黒田　それはやっぱり俊輔さんを愛しておられたからなんでしょう、お母さまは。

鶴見　そうそう。

黒田　あまりにも大切だから。

鶴見　でもそれは子供はわからないのよ。

金子　うーん、長男だったからね。しっかりとしつけをしようとしたんだろうな。

鶴見　何度も彼は自殺をはかってね。私、覚えてるわよ。もう死にそうになってる子供を車に乗せて、母が付き添って、母の姉の嫁ぎ先の佐野彪太さんの佐野病院に連れていくんですよ。そこへ私がいっしょに行くと、ずっと宮城のあそこを通っていくのよ。そうするとあのころは、女子学習院生は宮城にお辞儀しなきゃいけない。そこでお辞儀して通っていくの。いつでも思いだすわ。いや、大変よ、私の母は。ゆうべも妹と話してたけれど、大変な人だったわよ。

金子 どうもそのようですな。お書きになったのを読んでみても。すごいお母さんだし、すごいお父さんだから。ちょうどいいんだろうなあ。

鶴見 だけど父だけだったら甘やかし放題になるわね。

金子 そうでしょうね。

鶴見 母はきちっとしつけをしましたからね。私はとてもありがたいと思ってる。私は母に対しては、俊輔に対する態度が悪いといってずいぶん怒ったけれど、私に対する母の態度はすごくよくしてくれた。

金子 そのあなたのきちんとしたところというのは、まさにお母さんゆずりなんでしょうね。実にきちんとしておられますね、鶴見さん。

鶴見 私が？　ちっともしてない。

金子 それは母ゆずりですよ。

鶴見 でも私はだらしがないということ……。

金子 それもお母さんゆずりでしょう。

鶴見 そうよ。

ぎらぎらの朝日子照らす自然かな　兜太

金子　どうもそうだと思うな。

鶴見　母はきちんとした人なの。母はきちんとしているのが理想だけれど、それを子供に対して望んだけれど、自分はだらしがなくて、全然整理のできない人（笑）。もう机の上はめちゃくちゃ。そこは私が継いでるの。父はとっても甘やかす人だったけれど、几帳面。なんでもきちんとしてないと気にいらない。父の机の上はきれいよ、どんなに仕事していても。母は何もしてないのにぐちゃぐちゃ（笑）。

金子　それはおもしろいな。

今の鶴見さんは、本当に体が落ちついてるというか、気力が落ちついているという感じがしますね。――兜太

鶴見　金子さんは外国にもよく行ってらっしゃるけれど、好きなのは中国ですね。

金子　まあね外国は中国。一番回数が多いってことだな。

鶴見　私も中国は大好きだわ。

金子 中国語もやっておられるというので、ちょっと驚異を覚えましたな。

鶴見 竹内好さんに教えていただいて。橋川文三さんと市井三郎さんと私と三人で竹内さんに習ってたの。

金子 だから驚くよねえ。すごいもんだ。中国の学者の方が内発的発展論というのを書いてましたでしょう。

鶴見 そうそう。費孝通博士です。もう亡くなられました。中国にフィールドワークで行きました。

金子 驚くねえ。定住漂泊もねえもんだと（笑）。全く。

黒田 韋駄天のイメージ。

金子 うん、そんな感触がある。横から写すとそういうイメージになるな。

鶴見 ですからね。私、藤原さんのお蔭でシリーズ『鶴見和子曼荼羅』を出していただきましたから、よかったんだけれど、もしそうでなかったら、病気をして、ちゃんと仕事をまとめなかっ

死者の眼もて我が生き相（すがた）見かえれば
おろかしきこと重ねつるものか
和子

たら、結局何をした人間だか全くわからない、あまりにもいろんなことをしてきているから。最後のまとめとしていま考えているのは、南方熊楠の考えた曼陀羅は、古代インド思想でしょう、それと現代の最新の近代科学の最先端はエコロジーですよ。これが結論で一致するということに考えが到達して、いま私、狂喜してるの。それがどうしてかというのを深めていきたいの。そこで私は終わりたいの。そこまではきちんとやって死にたいので、あと何年か必要なんです。それで今度、まず頼富さんの本格的な曼陀羅論、それに私は南方熊楠をぶつけてみて、私はとても学びました。そこからもうちょっといって、エコロジー。南方はエコロジー運動をやったわけ。これは田中正造と並び立つエコロジーの先覚者です。この人の中で古代インドの思想の曼陀羅とエコロジーが結びついたの。だから南方というのはすごい思想家で、未来を展望できた思想家で、そこのところを私どうしてもきちんとやりたいの。

金子　それはほぼ感じられるぐらいには、私なんかでも読めましたね、あなたの書かれたものを読んで。理解がいきましたよ。

鶴見　そうでしょう、感じられるでしょう。だって熊楠は実践運動をやったんだから。神社合祀反対運動で体を張って実践したんですからね。

金子　うん、それから曼陀羅がそれにつながってくるということですね。

鶴見　はっきりと曼陀羅につながっているんですよ。

金子　なんとなくわかりましたけれどね。私などにもね。それは。
鶴見　そうでしょう。それを私はきちっとやっておきたいんです。
金子　それはいいなあ。ぜひやって下さいよ。
鶴見　曼陀羅が古代思想だから迷信だなんていうのは、違うんですよ。そうじゃないの。
金子　うんうん。迷信ということはありえないですよ。それはないな。
鶴見　そこがアメリカの近代化論の悪いところなんです。昔のものはみんなだめ、新しいものがいい。そうじゃないんです。新しいものはいま自然を破壊してるんですよ。古代思想の中にいまを救済する思想があるんです。そしてそれがエコロジー思想と結びついている。金子先生もおっしゃってますでしょう、『海程』の講演の中で。いま本を読むと、必ず最後に自然論が出てくる。自然の現象学というのはメルロ＝ポンティのことで書いている。だからみんな自然に目を向けてるのよ。でもそれは古代にすでに発祥してたの、曼陀羅の中に。それをどうにかして現代に結びつけることを考えていたの。それは南方研究の展開ですね。
金子　にもかかわらず、南方熊楠というのは、われわれ日本人にとってはいまだわりあいに少数者が関心をもっている人物ですね。大勢にまで普及しないというのはどういうわけなんでしょうね。
鶴見　いや、ところがあの文庫本『南方熊楠』が毎年出てるんですよ。いままで毎年、三百部ずつ増版してたの。ところが去年は急に千部増版したの。だからずいぶん広まってきたなと思ってるんです。

> 生と死のあわいに棲みていみじくも
> ものの相（すがた）のするどき気配　　和子

金子　ああ、それはいいなあ。そのテーマはぜひしっかり書いていただきたいなあ。

鶴見　いや、まだ私が力が出せるか、そこまで。

金子　いや、出ますよ。大丈夫ですよ。

鶴見　だからいま燃えてるんですよ。

金子　これだけ燃えてる歌が作れるんだから（笑）。

鶴見　この歌を作ったのは四、五年前ですからね。

金子　鶴見さん、燃えてるということはすばらしいけれど、それだけだとまだ歌が雑になると思うんです。それがさっき申し上げたように、「落ちついた香りのある空気を感じさせる」というところがでてきて、本当に体が落ちついてるというか、気力が落ちついているという感じがしますね。

鶴見　もう少し落ちつきたいんです。私は。

金子 もっとですか。

鶴見 もっと落ちついて、のんびりやりたいんです。

金子 のんびりか。うーん、でも藤原書店がついていたんじゃ、そうはいかない（笑）。

黒田 でも藤原書店がなかったら仕事はできない。

金子 そうだな、そこだよ（笑）。

鶴見 藤原書店のお蔭で私はここまできたから、藤原さんにほんとに感謝してるんですよ。

金子 藤原さん、それだけにそれを感謝するほうが優先するんじゃないですかね。そうするとこちらのいうとおりやらないとしょうがない。

鶴見 いやあ、感謝してるのよ。だから藤原さん、体大事にしてよっていつでもいってるの。

日の夕べ天空を去る一狐かな　兜太

倒れてのちはじまる

■五十代は燃えてたわね。いまはもっと燃えてる(笑)。――和子

鶴見 ともかく縁が縁をつないでいったの。そして黒田さんと出会って、いま金子先生ともこういう出会いができて、教えていただける。

黒田 またとない好取組。もってこいのご両人です。

金子 いやあ、この人はちょっとゲテモノ趣味がありますから（笑）。

鶴見　そうよ。断然ゲテモノ趣味ね。

金子　南方的なところがあるんですよ。

鶴見　そうよ。だから面白いの。

黒田　昔、私が会社からちょっと敬遠されて、平凡社に三年間、出向したところに、『南方熊楠全集』が平凡社から刊行されてたんです。南方（なんぽう）クスクスとかって、社内の人が読めないの。

鶴見　あの本を書いて、いろんな人に送ったら、「南方熊楠（なんぽうゆうなん）」というのありがとうって（笑）。それでこれ何の本ですか、わかりませんので、おそらく南方の動植物のところへ分類しましたっていうのよ（笑）。私、びっくりしてね。だって南の熊と楠だから動植物でしょう。南方の動植物の研究をおはじめになったんですかって。そう言われたぐらいよ。それぐらい全然知られてなかった。

金子　そうでしょうね。

黒田　平凡社は、ああいうところは立派ですね。

鶴見　偉いですよ。

金子　五十四歳の時ですね、鶴見さんが。調べてきました。

鶴見　そう。だからもうずいぶんあれから年をとってるの。
金子　燃えてる時だよな。
鶴見　五十代は燃えてたわね。いまはもっと燃えてる（笑）。死に近くなると命は燃えるんじゃないですか。
金子　いや、それは中には燃やす人もいるということじゃないですかね。決してそれは一般論じゃあないと思う。
鶴見　金子さん、『小林一茶』を書かれたのは五十をちょっと過ぎたころですか。
金子　いや、もっと前だ。五十前、いや、でも近いな。四十後半だ。
鶴見　だって私は四十歳にして学問をはじめたのよ、社会学を。だからすごく遅いのよ。それは戦争というものが入ったから。

鶴見さん、倒れられて、あなたはまさに俳句の世界に入った。一流性だけじゃなくて一般性をもたしかにもったということですよ。　――兜太

金子　でも基礎ができてたからなあ、あなたは。
黒田　学者以前に、終戦直後からいろんな活動を。綴り方運動とか……。

鶴見　だからそこからもうばらばらなのよ。そしてね、ようやく倒れてから、ほんとに普通人になったというか、日常性がでてきたの。

金子　あ、それだ。その表現はぴったりだ。日常性がでてきた。たしかに。

鶴見　日常性がでてきたの。というのは肉体に関心をもつようになったからよ。

金子　そうです。そうです。よく分かるな。そこだ。

鶴見　だって倒れて肉体に関心もたなきゃ死んじゃうもの。

金子　それはそうだ。

黒田　韋駄天のときは肉体に関係なく飛翔して。

鶴見　頭だけで飛んでたのよ。

金子　そうそう。分る分る。鶴見さん、倒れられて、あなたはまさに俳句の世界に入った。一流性だけじゃなくて一般性をもたしかにもったということですよ。いいことだ。

鶴見　倒れて一般性をもったのよ。やっと普通の人になれたのよ。

黒田　普通の人になって、その業績が輝いて。

鶴見　業績なんかないけれどね。

わが世のあと百の月照る憂世かな　兜太

金子　まあ業績だろうなあ。それは消えないな。

鶴見　いや、ここでいま、頭が惚けたら大変だ。すべて終わりでしょう。惚けないようにするにはどうしたらいいか。「書く、読む、歌をつくる」、これに熱中しよう、と。つまり頭が惚けないために打ちこんできただけね。私は。

黒田　でもそれは全部、どれもすごいプログラムですからね。

金子　すごい、すごい。すごいよ。たまげるね。

黒田　ヘレン・ケラーを想いますね。私。

鶴見　そうよ、三重苦よ。この世では女でしょう、重度身体障害者でしょう、老人、この三重苦よ。だから自由になれたのよ。世の中からすっかり離れたの。世の中の権力、金力、名声欲、こういうものから離れたから自由になれたの。自由になったからいま、書けるのよ。

金子　かなり図式的なお考えですな、そうじゃないや（笑）。もともとあなたは自由人なんですよ。

鶴見　もともと自由人にあこがれてはいたけれど、こだわりがいっぱい。こんなことを書いたら学界の人は何というだろうって。論文一つ書いてもすごくこだわりがあった。

金子　ああ、やっぱりそうでしたか。

鶴見　というのは、ひとは全部違うことといってるから。それでいつでもこちらにこだわりがあったけれど、いまはそういうことはすべて無視してるの。つまり私はもう離れたの、この世を（笑）。

金子　いや、そんなことはない。この世に徹底したんですよ、あなたは。見事に。

鶴見　この世の人じゃないのよ、もう、重度身体障害者なのよ。

金子　うん、それは事実ですけれど。しかし徹底したんだ、この世に。

鶴見　それで自由になったのよ。もう何を書いてもこわいものはないの。つまり名声なんか求めないのよ。これ以上どうするなんていうことがないのよ。ただ自分の思うままに、好きなことをつきつめて死にたい。それだけなの。だからいまとても気持ちが楽なの。

金子　それはよくわかるけれどね。しかし、見事だな。立派なもんだ。

> 力仕事これにて終了これからは想像力を鍛えむと思う　　和子

Photo by Ichige Minoru

第二場

二〇〇五年二月二十三日　水曜日

金子兜太俳句塾

定型の精神

金子　一晩ゲストルームに泊めて頂いて、今朝起きてメモしました。あんまりだらだらしたことは申し上げないほうがいいと思いましてね。どうも鶴見さんの話しぶりがパッパッとしているから、あんまりだらだらしたことをいってもしょうがないという気がしまして。
俳句と短歌については、二つ、私いつも見方を用意しているんですけれど、一つは和歌から俳句の歴史、歴史のなかで確認されてきた俳句の特徴、そして短歌との違いというのがまず一つ、これはどうしても確認しておかなくてはならない。ある意味でこれですべてなんですけれどね。

その次が五七五と、それに七七のついた形式、短詩型の中の二つの音律形式としての違い、これは言語学の問題になってくるかなと思ってる。私は実作で考えているしかないんですが、これも実例をあげて、そして後から意見をうかがいたいと思っています。これも鶴見さんの短歌をお借りします。

最近、音律形式としての切れ字の問題が、とくに俳句の五七五における切れ字ということが非常にいま注目されてきておりまして、若手でも長谷川櫂という有望な青年がやっぱりこの点を論じております。音律形式としての切れ字ということがこれから大きな問題になるかと思うんですけれども、これももちろん実作者の私たちの範疇を越える問題を含むこととも思っております。

それとさらに、いま一つ最近でてきているのは、定型ということは何かということですね。ひところ、自由詩を書いている人たちが、一九七〇年代でしたか、だいぶ自由詩にいきづまりを感じていて、現代詩とふつうはいうんですが、私は自由詩というんだけれど、その自由詩の人たちが「定型の精神」ということをいっていた時期があるんです。その後、あまり言わなくなっちゃいましたけれども。この「定型の精神」ということが、いま、俳人の中には歌人以上に考えられてきているのではないだろうか、心ある俳人たちにといいますか、と思っているんです。

俳諧とは「伝達の工夫」のこと

だからこの形式に即して考えた時の音律形式と切れ字の問題、それから定型の精神とまでも言えるかどうか、身構えとしての定型というものが問題になるんじゃないかと、そう思っています。けれどもその二つは実作で語るしかないのであとからにしまして、最初に歴史で私が思っていることを簡単に申し上げますと、結局、あれじゃないかと思うんです。いや「思うんです」じゃなくて、これはそうだというふうに決めなきゃいかんですが、和歌から連歌がでてまいりましたね。和歌から連歌がでた平安から中世にかけてのあの時期が、決定的な時期といっていいと私はみているんです。どういう意味で決定的かといいますと、五七五と七七があそこで割れるわけでございます。それで一人で作っていた和歌が、二人によって付合（つけあい）という形で作られるようになったというのは、大きな変革的なことだったと思うんです。むろん付合とか相聞とかいうことは万葉以前からもあったことですが、一人で作る和歌を二人で作るというやり方が変革的だったと思うのです。そして、五七五を最初にだす人の場合、心構えがいる。このことは独吟の連歌なんていうのが後にはでてきますから紛れやすい。とくに独吟の短連歌といって、五七五に七七をつけるだけの、一本で終わりというやつが短連歌でございますが、これになるとよけいに心構えが見えなくなるのですが、それはともかくとして、短連歌にまた五七五が続くのがふつうの連歌、つまり長連歌ですが、この短連歌の独吟が行われた時期は、むしろ逆に七七に五七五をつけるということもあったようでございます。とにかく、短、長を問わず、原則的には五七五に七七を付けるという形で連歌が行われた。

その時、五七五を最初にだす側が、自分の言っていることを相手に伝達せないかんですね、自分の表現意図を。この伝達の工夫というのが非常に大きかったと思うんです。もっとも殿上人のやっていた「和歌の連歌」の時代は、まだそれほどではなかったと思います。一人というふうな思いが深くて、あんまりそういう伝達意図とかそういうことはなかったと私はみていますがね。これがとくにはっきりしてくるのは、中世半ばぐらいから「俳諧の連歌」と言われる内容で殿上から地下（じげ）に連歌が移ります。その時期以降です。お公家さんたちがやっておったものを武家がやる。そこを窓口にしまして庶民のなかに広がります。その広がりのちょうど境目にいたのが、私は飯尾宗祇とみているんです。

それが完成体となったのが、ふつう言われておりますのは、伊勢神宮の神官だった荒木田守武と、それから油屋の山崎宗鑑の出現です。宗鑑は『犬筑波（いぬつくば）』と言われているアンソロジーを作っておりますが、その時期です。これは応仁の乱のあとですが、その時期に確立したといわれ、「俳諧の連歌」というのが生まれてくるわけでございます。その時の俳諧というのが、五七五をとくに最初にだす人の伝達の工夫のさまざま、伝達の工夫のさまざまを総括して「俳諧」という言葉で言われたというのが私の受けとり方です。いろいろな人の意見があって、私の意見に一般性があるとは断言できませんが、私はまちがいないと思っております。伝達の工夫が庶民のなかで試みられた。殿上人を離れて、地下の世界で試みられた伝達の工夫のさまざま、それを俳諧と総称した。そして俳諧の連歌といったと思うのでございます。

「挨拶」としての季題

その伝達の工夫のさまざまは、これはいうまでもございませんが、例の「挨拶」というやつですね。どういうふうに挨拶をするかという、次の五七五を作る人に向かって、どういう挨拶をするか。あるいはもっと長い連歌を巻く、芭蕉が完成した歌仙の場合ですと、三十六組でございますから、五七五の長句と七七の短句の長短を繰り返し付け合って、三十六句を巻く連衆、仲間たちに対してどういう挨拶をするかという、それが非常に大事だと。挨拶の気持ちがなければ伝達はできないということから、挨拶というのは非常に大事な要素になっておりまして、そのために欠くべからざる言葉として季題が用いられた。だから季題は約束であった。季語という言い方は明治から大正にかけまして、大須賀乙字という人物、これは評論家で、東大の国文にいた人ですが、この人がでてきて、「季語」という言葉を使ったんです。今では広く季語と言われておりまして、それまでは季題、季題と言われておりました。この季題をどう使うか。それを約束として設定しておいて、挨拶の意志を伝えるということで季題が用いられた。

それから昨日も話にでました「諧謔」、「滑稽」でございますね。それで鶴見さんがおっしゃってた喜劇のことは、私は諧謔と申しましたが、あれはむしろ滑稽と受けとっておいたほうが……。意外性を用意して相手を笑わせたり驚かせたり、真理を発見させたりするという、それは滑稽だと思います。その諧謔、滑稽。それからやっぱり付合でございますから、もたもたしちゃいけないんです。それで「即興」というのが大事にされたと思います。ぱっと句をだす。これは付ける側の心得だったのです。それからそのほかに、これはあんまり言われないんですけれども、私は言葉遊びが多いと思います。「語呂合わせ」とか、これも昨日、鶴見さんが「本句取り」とおっしゃっていましたね、あれはおもしろい言い方で、ふつうは「本歌取り」といってますけれども、本句取りですね。その言葉遊びの中に、季題そのものが言葉遊びとして使われたということが一つあります。とにかく言葉遊びということを伝達の工夫の一つとしてやったということです。元になる言葉があれば、その元句をちょっともじってやれば伝わりやすうございますからね。そんなことで本句取りですね。それから語呂合わせは、もちろんみんなわかるわけですから。それから「猥雑」、「助平」という世界もかなり大事にされていた。それから端的な「笑い」の世界ですね、これも伝達の工夫として用いられた。

もっとあると思いますが、そんなふうなものを、とにかくじつにさまざまな伝達の工夫を地下者、庶民たちが多用した。それらを総合的に連歌の付合のなかで使った、用いた。それを総称して俳諧といった。それが流行した時代が俳諧の連歌の時代。完成者が守武、宗鑑と、こういうふうなことになっているわけでございます。

リリックの短歌、エピグラムの俳句

その俳諧の連歌のなかの発句である五七五だけが、明治になって正岡子規の手によって独立させられ「俳句」とはっきり呼ばれたということですから、当然、俳句すなわち発句にはその俳諧の連歌の特徴である伝達の工夫のさまざまが俳諧という言葉で、そのまま伝承された。その度合いはありましても、それが伝えられた。だからいまでも俳句を作るときに、挨拶の気持ちで作れよなんていうことをいう先生もけっこうおるわけです。それから連歌は、芭蕉の時代に「歌仙」という形が中心になったわけですが、「歌仙」を巻く連中のことを連衆（れんじゅう）といっておりまして、連衆に対する挨拶という気持ちが大事であるという言い方をする人もけっこういまして、ことほどさように、俳諧というものが、発句が独立して俳句と言われるようになったあとでも、色濃く伝承されている。このことが大事だと思います。

明治以降、和歌は短歌という言い方になりますが、この俳諧が和歌・短歌との違い、一つの大きな違いだと思っています。短歌はむろんそれを伝承してもいませんし、それを本命とも考えていません。だから狂歌というものが江戸時代にありましたけれども、あれはむしろ俳諧の真似事だぐらいに受けとっていたと、私は思います。ところが俳句の場合には、それは貴重な伝承の文化資産というか、貴重な遺産とでもいいますか、とにかく十分に受け継がれているというわけでございまして、だから俳諧の現代性ということを考えなければならんというような言い方をする俳人がたくさんおります。

そうしたぐあいに歴史をふまえて考えますと、俳句がヨーロッパに流行した時期があるんですが、ご承知の十九世紀から二十世紀にかけての境目ですね。明治から大正にかけてのころですが、あのころ、ヨーロッパで俳句がけっこう珍重されまして、リルケは俳句の影響を受けていると言われているんですが、その時期にクーシュというフランス人が、これは日本にも来たことがある方で、クーシュが俳句というのは「叙情的寸鉄詩」、寸鉄詩と訳すかどうかは別ですが、エピグラムと彼はいっていますが、叙情的エピグラムであるという定義をしているんです。私はその定義が意外にぴったりじゃないかと思うんです。

ですから叙情詩プラス寸鉄詩、エピグラム、私は俳諧詩といってもいいと思っているんですが、要するに挨拶、滑稽、諧謔というものを総絡めにした、叙情と反対の世界といってもいいのかな。説明する人によりますと、滑稽という言葉、だいたいその後、俳諧というのは滑稽という言葉によって代表されるようになりましたが、寸鉄詩のことを滑稽詩という人もおるぐらいでございまして、要するにその世界、叙情とアンチの世界を書くという、そういう考え方、その両方をいっしょに書いているのが俳句だというのが、クーシュの受けとり方でございます。叙情的寸鉄詩、エピグラムという言い方を彼はしています。これは私はわかりやすい俳句の定義だと思っております。

その時の叙情のリリックのほうは和歌がやってきて、その後の短歌の基本でもある。このごろの短歌はずいぶん変わっちゃいましたけれども、でもやっぱり基本であると思いますが、それに対して俳句のほうは、リリックは残しておるけれども、同時にエピグラムの要素を非常にとりこんでいると、そういうふうに思っています。それが俳句だと思います。俳句と短歌の違いも、結局そこにあると、こう思っております、内容的には。ただ、いまの短歌はずいぶん違ってきてしまいまして、私に言わせると俳句の真似事をしてるんじゃないかと思うことが多いんでございまして、そういう点では一律にはまいりませんけれども、基本的にはそこにあると。

季題に託された風刺

その次に、これに季題が絡んでくるんでございますけれども、いまの挨拶の手だてとしての、約束としての季題というものの受けとり方が、さっきも申し上げたように、俳諧のなかで言葉遊びとして用いられるようになりまして、それで昨日も申し上げたような、荒木田守武の〈落花枝に返ると見れば胡蝶かな〉ですか。〈落花枝に返ると見れば胡蝶かな〉というのは、これは有名な、外国人もよく知っている句ですが、この句にも代表されるように、結局、「落花」それから「胡蝶」といった季題でございますが、そういうものを手軽に用いまして、それで春の気分というものをまず背景におくわけです。

この点では季題のもつ季節感を生かしているわけでございますが、同時に春の気分を下敷きにしながら自分の思想をこれらの言葉を喩えとして使って書く。別の言い方をすれば、風刺を行う。それとして季題を使ったということでございます。それを私は、一種の言葉遊びとして季題を使ったと、こうみるわけでございます。自分の思想を述べるための手だてとしての季題の使用、季題の活用ということをやったということでございます。それはもうずっと貞門（ていもん）から談林、中世から江戸にかけてのころ大いに流行した俳諧の連歌の流派、その世界ではますますそれが度を高めていっています。そして、背景に季節感を匂わせているという点が、一つのめっけどころになっております。とにかく、そういう形でやっていた。

その言葉遊びとして季題を活用するやり方の極まった形が、松尾芭蕉が弟子の其角たちと編みあげた合同句集の『虚栗（みなしぐり）』だったと私は見ています。これは芭蕉の三十代の後半でございます。言葉遊びが文芸性をもった詩として確立したのは、『虚栗』だと私は思います。其角とか芭蕉の句を集めた合同句集ですけれど、その『虚栗』に対して芭蕉は不満の意を内在させているんです。それで不序文を書いていますが、あの序文を読むといかにもおちゃらけた序文になっています。それで不満の意を表明していると、私はみるんです。

芭蕉の不満は何だったのか

芭蕉はいわゆる季題の言葉遊びとしての活用、あっさりいうとそういうことですが、それに対する不満をもって、これではだめなんじゃないか、詩としては弱いのではないかということを痛感するんです。そのころ、談林の宗匠もやめて、隠棲してるわけでございますから、深川に隠居したころでございまして、いかに俳諧の連歌、そしてとくにその発句というものはあるべきかということを考えていた時期ですから、よけいそれを痛感したと思います。それで彼は「野ざらしの旅」に出るわけです。その「野ざらしの旅」での収穫が季題の受け取り方の克服にあったと、私はみるんです。それはどういうことかというと、これは単純なことなんですけれども、〈山路来て何やらゆかし菫草〉という有名な句がございますね。〈山路来て何やらゆかし菫草〉というのを「野ざらしの旅」のなかで作っておりますが、こういうやわらかな句が「野ざらしの旅」の中ででてくるんです。はじめは非常に観念的な、構えた句が多くて、とくに漢詩の本歌取りみたいなのがずいぶんでてくるわけですが、それが途中からそういうやわらかな句に変わってくるんです。それも時々でございますけれども、たとえば〈道のべの木槿は馬に食われけり〉とか、そういうやわらかな句がでてくるんです。これはいままでの芭蕉のなかから想像できないような句がでてくる。

それがなぜかということを考えますと、芭蕉は季題を、あれは約束としての季題ですから、その約束としての季題を通じて、その季題が指示している、言葉ですから、指示している自然の事物――事柄と物――を連衆のあいだで共有する。季題の指示している自然の事物を共有するということ。言葉を共有するということは、それが指示している基本の事物を共有するということの大切さに気づいたんじゃないでしょうか。そう私はみます。ただ、言葉だけを味わっているというだけの世界じゃなくて、したがっておもしろおかしく使うというだけの世界じゃなくて、その言葉を支えている事物を共有することによって本当に言葉を味わう。それによって真の共感をつかむ。それが伝達の本当の姿だと。これが約束としての季題のあり方であると。芭蕉はどうもそこでそう考えていったように思うんです。そのためにじつに生々しく、じかに自分の旅先の自然をみておりますね。自然の事物をじつに生々しく、じかにみることに努めている。これが昨日、私が「即物」という姿勢の発見だといったのは、そこだったんですが、それを私が一言で「即物」と、あれはザッハリッヒカイトというんですか、ザッハリッヒにものをみるという姿勢がでてる。

それを芭蕉が体得した。

芭蕉による「自然」の発見

ですから、これはエピソードですけれども、〈山路来て何やらゆかし菫草〉というのが発表された時に、『野ざらし紀行』にでてきた時に、芭蕉は歌の学問、歌学を知らない男だという批判がでたんです。それはなぜかというと、和歌の世界では、菫を山でみるということはないというんです。そういう歌はない。山でみる菫なんていうのをぬけぬけと俳句に書いている。いわば和歌の孫みたいな、俳諧の連歌は子供ですから、発句は孫です。その孫みたいな世界で書いているというのは、あの男は歌学を知らないから、そういうむちゃなことをやるんだという意見がでたというエピソードもあるんです。

それからまた、〈古池や蛙とびこむ水の音〉という句を野ざらしから帰ってきて作ります。帰ってきた翌年の春に作るんですが、その時の句も、「蛙とびこむ」という蛙のとびこむ姿勢は和歌にあるんです。とびこむところを歌いこんだ和歌は。ところが「水の音」まで書いた和歌はないというんです。芭蕉は音をとらえたところがとても得意だったみたいなんです。即物の姿勢があってこそやれたこと、と自信を深めていたかもしれない。それを自分でしゃぶっていて、「蛙とびこむ水の音」というのが非常におもしろい、これは新発見だと自分で思っている。それでどういう上五の言葉をつけようかと思っていて、「古池や」をつけたというふうになるわけですけれども、要するに和歌の世界にない自然のすがた、あるいはその自然と人間との結びつきというものを芭蕉が発見したということは、季語が指示している自然の事物に、なまに、じかに向かい合うという姿勢の確立によってなし得たことと思うのです。

それが趣味的に、あるいはひどく主観的にと申しましょうか、自然に立ち向かっていたら、言葉遊びをした連中なんかみんなそうだと思うんですけれども、それはとても発見できなかった。結局、素手で世界観をつくるということだと思うんですけれども。とにかく非常に素朴なことですが、芭蕉にとっては、またあるいは私は文芸史のうえでも大変な発見だと思うので、そのことを芭蕉が自然を発見した、日本の文芸上のルネサンスは芭蕉によって行われたとまで私は放言しているんです。

その時から芭蕉のあつかう季題というのが、ただ、季題を使えば伝達しやすいという約束というものの形式上の受けとり方だけにとどまらなくて、それが指示する自然の事物を共有するということによって、季題を双方が味わうことができるというところまでいくことによって、その季題が人間と自然を結ぶ言葉、そこにいったと思うんです。だからこれははっきり、弟子にもその趣意を伝えるようなことをいっています。例えば、季題の一つも発見できないような者は、ろくな俳諧師じゃないというような言い方をしてますからね。それは、自然と人間の本当の結びつきということを、季題を通じてまずやろうじゃないか。結ぶ言葉としての季題。自然の事物はその姿勢によって発見される。だから芭蕉の段階で季題のあつかい方が変わった、大きく変革されたと、私はみるわけです。

季題のあつかいが変わり、かつそれ故に芭蕉は季題を大事にした。大事にして、即物の姿勢で森羅万象に触れてゆくなかで彼は、ご承知の不易流行、『おくの細道』の中で出羽三山に行った時に、「天地流行」という認識を得るわけでございます。これは弟子の呂丸が書きとめております。その「天地流行」から「不易流行」へと移ったんですが、その時に芭蕉は悟りを得たという気持ちです。高く悟って俗に帰ると。自分は「高く悟り得たり」と。よき認識を得たと。だからこれをひっさげて、いよいよ俳諧本来の地下の世界、庶民の世界に帰りたいという考え方を、そこでもったと私は思うんです。

「さび」とは何か

変わらざる不易の天地に対して、つねに季節が移り変わり、人間の暮らしが移り変わっていくという流行の相がある。その流行の相を重くみていきたいと。芭蕉は、高く悟ることによって、人間界、俗事に戻ることができた。つまり流行の相に目を向けることができた。そして流行の相ということは、もっと平べったくいうと、自然とその四季の移りのなかの人の暮らし、そういう変化の相を大事にするということ。当然、背景に天地不動を見ている。それから不易の原理が貫いていることも見ている。見ているけれども、それを忘れちゃいかんけれども、しかし俳諧の表現の対象としては、あくまでも不動の自然およびその季節の変化のなかで動いていく、季節の移りのなかで動く人間の暮らしの相を見ていく、その変化を見ていくこと、流行を見て書きとめていくことが大事だと、そう腹に決めた。これが「高悟帰俗」の志向だったと私は受け取っています。

　腹を決めて、奥の細道から帰ってきて、そのことを口にし、いっしょになって作りもして編んだのが『芭蕉七部集』の一つ、『猿蓑』であった。そしてその基本の認識は「さび」であったわけです。「さび」というのは、そこで得られた美意識だったと思うんです。このことについては鶴見さんのお考えもいろいろあると思いますし、これを美学として哲学的に受けとっている人が多いわけでございまして、哲学者の意見もずいぶんございますが、私はうんと平べったく、自然および自然の四季の移りのなかの人の暮らしの相、そこに滲む悲しみの色合と受け取るんですけれども、その悲しみに「さび」があると。それを身にしみて受け取ることが美意識としての「さび」であると、こう私はみております。「さび」ということをテーマにして『猿蓑』が作られたときに、芭蕉の考え方ははっきり流行の相に向いていた。そしてその時にますます季題が大事になってくる。そうなるわけです。自然と人間を結ぶ言葉としての季題の位置というのは、非常に大きくなった。

　どうもそのあたりから俳句にとって季題が必須だと、なければならないという考え方が芽生えていったと見ています。そして、文化文政期の小林一茶のごときは、それをきちんとふまえて、同時に季題というのは、人間の暮らしに役に立つ季題でなければだめだと言っています。人間というより、人間の暮らしと受け取ることによる着意です。暮らしに役立たないような季題は季題じゃねえと。おれは「景色の罪人」だといいます。つまり美しい景色が自分にはわからないから、雪を美しいとは見ない。暮らしに害になるものと見る、といった言い方をしております。だからおれは景色の罪人で、馬の目と同じだ。おれにとっちゃ暮らしの役に立たない季題は美しくないと思うと、はっきり書いております。そういう庶民が出現するわけです、江戸末期になると。つまりいろいろな受けとり方はニュアンスとしてはありますけれども、季題が非常に大きなウェイトをもつということはまちがいない。

季題が自然と人間を結ぶ

ところがそこまできて、さらにずっと明治から現在までまいりますと、今度は自然と人間を結ぶ言葉というのが、季題以外の、季節というものにかかわりなく存在する自然（森羅万象）そのものの言葉としてもあり得るということになります。季節感を離れた、たとえば、季題では「春の山」でございますが、「山」そのものも自然でございますね。それから「火山」というのは季題ではないけれども、立派な自然でございます。こういう季節の移りのなかの自然の言葉だけではなくて、自然そのものの言葉というものが、次第にみんなに注目されるようになる。とくに都会生活がひろがってきて、そういう無季の事物といえるものが増えてきたことの影響もあるんですが、季語・季題以外の、いわば「無季の言葉」がもつ人間と自然の結びつきの、結びの言葉としての働きというのが、季題と同じぐらいのウェイトに、あるいはそれ以上に評価されるときもあるという場面がでてきております。

　そのために現在では、季題必須論というのは弱くなってきています。ただ、季題そのものの大事さというのは、そうはいいながらもこれは注目されております。日本語の重要な美しい言葉としても重視されております。無季の言葉でも自然と人間の結びつきは可能である、表現できると考えれば考えるほど、季題という言葉の美しさ、重さがわかってくるという面があるわけです。だから最近では、無季を容認する考え方をもつ人でも、逆に季題を見直そうという動きがあることは、これはまちがいないわけです。

　これが地域性とか在地性ということにも関連してくるんですが、その季題が発生した在地、その土地その土地のたとえば方言と結び、つきあわせて考え直す。季題を吟味し直す。あるいはその土地特有の暮らしと結びつけて、その季題の発生を見極めていくという……。いま松本に住んでいます宮坂静生（みやさかしずお）という俳人がおりますが、優秀な俳人ですが、この人は「地貌（ちぼう）季語」という言い方をしていまして、そういうところへ探りを入れております、さかんに。それから黒田君も親しい宇多喜代子という女性は、古い季語をもういっぺん見直そうという、そういう姿勢をとっています。ずうっと使われていた季題という、いまでいえば季語という、厚みをもった美しい言葉というのをいまいっぺん見直しておかないと、季語でないものを使う時の言葉の選択にも疎漏がでるのではないか、いいかげんになるんじゃないか、甘くなるんじゃないかという考え方は当然でますね。そういう相対関係にあると思うんです。いま、そういう状態にあるということです。

芭蕉以降、とくに芭蕉の後半期から、季題がそういう形で俳句のなかで重要な言葉として大事にされるようになってきておりますので、そこを踏まえて、最短定型の五七五だからよけいに季題が大事である、五七五から季題を除いたらろくな句はできないぞという効用論が生まれることも当然です。高浜虚子はそれを「有季定型」というテーゼに仕立ててはっきり打ち出したわけです。

ですから俳諧のなかに一態としてあった季題が、言葉遊びの段階から、人間と自然の結びつきの言葉としてあつかわれるようになって、俳句の世界に居すわるようになってきて、俳句の短い表現をさらにバックアップする、補助する役割をも果してきている。そういう効用の面も評価されるようになってきている次第です。効用の面を便宜的に考える人が増えているため、芭蕉の本意が見失われがちな昨今ですが、その反省とともに、美しい日本語としての見直しということと、その二つがいま俳句のなかで注目されていることでございまして、同時にくどいようですが、一方に季語でない言葉でも自然と人間の結びつきを伝えることは可能であるというところまできているると、そういうふうなことでございます。以上が歴史的にみた俳句の特徴です。

だから俳句には季語が必要だというのは、歌人も川柳人も暗黙のうちに認めていると思うんです。とくに俳句ではというところで認めていると思いますが、ただそれはとくに俳句ではというのは、そういう歴史的な経緯のなかでそうなったということであって、短歌との決定的な違いとか、そういうことにはならないんで、いまおもしろい短歌をみていますと、けっこう季語をうまく使っています。鶴見さんのこの歌集の中でも、おそらくそんなことはもう意識におかないで作っておられるでしょうけれども、けっこう私がみて、なるほど、おもしろい季語の使い方をするなと思うものもあるわけです。ですからとくに短歌と俳句を分かつキーポイントであるというふうには、私は思いません。思いませんけれども、どちらかといえばそうなっているということは一つ言える。キーポイントは俳諧という、あのエピグラムの世界じゃないんでしょうか、短歌と俳句の分かれは、俳諧の連歌からきたから、俳諧が短歌とは違う要素になると私は思っているんですけれども。でも現在は、歌人は俳諧までもどんどん取りいれて、おもしろおかしい短歌をずいぶん作っておりますよ。ですからこれもあんまり強弁はできないんでございます。結局そうなると、現在ではほとんど重なり合っているというのが現実だと思うんです。

切れ字は間(ま)なんです

■定型詩というのは全部、切れ字のかたまりだというのが通説だと思います。——兜太

金子　次には、最初に戻りまして、形式そのものの、音律形式としての、リズム形式としての違いは何かということになってくるんですが、その時も申しあげましたように、切れ字の「や」の問題ですね。これをぐずぐずいう必要はないと思うんですけれども、切れ字の問題というのは、じつは五七五も五七五七七もそうですが、この定型詩というのは全部、切れ字のかたまりだというのが、これは通説だと思います。だから「や」「かな」はそのもっとも代表的な切れ字であっ

て、実際はいまの「古池」で申せば、「古池や」、「や」で大きく切れて、「蛙とびこむ」で軽く切れて、「水の音」と名詞でかなりきつく切れるという、こういう切れの集積のなかから生まれてきたといえます。

昭和のはじめに名著『文学序説』を書いた土居光知から「音歩（おんぷ）」ということを教わったのですが、それによると、「古（ふる）」「池（いけ）」と、二字ずつかたまっているというんです。「ふる・いけ・や」とこう読む。そうすると「ふる」で一つ切れて、「いけ」が一つ切れる、「や」で切れる。しかも「や」には下には沈黙音がついて、二字分になって切れる。「ふる・いけ・や・かは・ず」、「かは」で切って、「ず」で切って、「とび・こむ」で切って、そして「みず」で切って、「の」の下に小さな無声音がついて、それで「おと」となる。こういう切り方をして、これを音歩といっていますが、こういうふうにして、日本の短詩型は読むべきであると、こう読めるという、この考え方にいまでも共鳴しております。ことほどさように、切れ字のかたまりだということですね。

この点、七七を失った俳句の場合は、歌人よりも切れの意識が強いんじゃないでしょうか。というのは、短いから、よけいに無声音の部分をうんとたくさんもって、それを飛躍と申しますが、全体をもっと弾ませ（律動させ）長くする感じにしていくというか、長くあつかうというか、そのことのほうが有効でございますね。無声音をたくさんもつほうが有効ですから、切れ字をたくさんもつほうが、間（ま）がとれる。昨日のお話ではないけれども、間がとれていきますから、短く書いていても伝達量が増える。そうなりますね。

近現代に移るにつれて、いちばん短い定型詩としての俳句の特徴は何かということを考えるようにならざるを得ません。——兜太

鶴見 なるほど。切れ字というのは間ですね。

金子 間なんです。鶴見さんの昨日のお話が非常におもしろかったので……。日本の文芸、美術、芸能にとって間というのは非常に大事でございましょう。

鶴見 そうですねえ。それで間は何かというのが、また論争なんですね。

金子 ええ。それがわからないと間抜けだと、こういうことに（笑）。

鶴見 そうなのよ。間が悪い。

金子 だから俳句でも、いまの音歩説もあればいろんな意見がございます。だけどかなり切れ字に関わった意見が多いですね。これは大事かつ有効な要素だからだと思います。それで、最近では「や」を中心としたきつい切れ字について、いろいろと語られています。たとえば「水の音」だと名詞切れといって、これはある程度きついんですけれども、「や」というのはいちばんきついんです。現代日常語では「ぞ」とか「よ」というのも「や」の代用に使われております。だから「や」をどうみるかということですが、軽くおもしろい話なんですけれども、〈古池や蛙

とびこむ水の音〉を作った時、「古池や」でうんときつく切らないで、一気読みと申しております、切れ字をほとんど無視して読む。一気読みのなかの一種の感嘆詞、感動詞的なものとして、どうも芭蕉のころはあつかわれていたらしいという意見もあるんです。だから「古池や蛙とびこむ水の音」というふうに一気に読むんです。そうすると「蛙は古池にとびこむ」ということになっちゃいますね。「古池や蛙とびこむ水の音」。いわば「古池に蛙とびこむ水の音」に少し感動をこめて、「に」を「や」として書いたという程度の「や」のあつかいになるわけです。これは切れ字をあまり重んじてなかったんですね。

だんだん近現代に移るにつれて、短歌の力もどんどんでてきておりますし、江戸のころは、さいわいに短歌というのはそんなに力がなかったですからね。だから俳句が大手を振っていたわけですけれども、近現代とくると短歌の力も増えてきている。それから自由詩がどんどん増えてきている。自由詩の中の定型詩というのもでてきているという、そういうことから、いちばん短い定型詩としての俳句の特徴というのは何かということを、きつく考えるようにならざるを得ませんですね。

そういうときに、さっきのような季題ということが問題になったわけですけれども。同時に切れ字ということが重く考えられてきたという歴史がありまして、そうなると一気読みの、おぼろげな、感嘆詞程度の「や」じゃだめなんで、「や」をうんと切る、きちっと切るという考え方がだ

回生の花道とせむ冬枯れし田んぼに立てる小さき病院　和子

んだん育ってきたんです。そうすると「古池や」ときて、古池がそこにありますと、ここではっきり切れてしまうんです。そして「蛙とびこむ水の音」ときまして、蛙がとびこんだ水の音がしましたということが、一つのフレーズとしてあるわけです。そうすると「古池」と「蛙とびこむ水の音」との二つのフレーズの組み合わせ、これを私は「二物配合」といっているんですが、いわば「二物配合」の「や」は果している。完全に切って読む。そうなると古池に蛙がとびこんだという保証はなくなりますね。古池がある、蛙とびこむ水の音がある、二つが組み合わさったとなれば、水の音はどこからきたかということになるわけです。

これは私にとっては非常におもしろい問題で、私はかねがね、蛙は古池じゃなくて荒川にとびこんだと（笑）。深川の庵で作っているわけですからね。そういっているんです。それは稲畑汀子君なんかそれでカッカカッカして、「あなたは蛙が荒川にとびこんだなんていっているわね」なんてよく叱られるんです。ジョークでいってるんですけれども、でも詩型の受けとり方としては、それは意外にうがった、私にとっては正しい受けとり方なんです。現代になるにつれてその受けとり方がかなり肯定されてきています。だからさっきの若い長谷川櫂という俳人が、一所懸命そのことを書いています。なんでか知らんけれど、私のいったことはちっとも引用しないで書いているので、こっちはしゃくにさわっているんです。私が元祖のはずなんだけれど（笑）。

そういう切れ字という問題が非常に重くみられてきて、それが短歌の七七をカバーできるんじゃないかぐらいに思っている、そういう面があるんでございます。これは一つの大きな音律形式として、これから問題になってくると思います。

短歌と俳句を語るときに、切れ字の重要度をどのぐらい評価するかというので違うような気がしますね。——兜太

鶴見　訳す時。

金子　外国で訳ができないんです。それからいまアメリカの小学校の教科書には全部、俳句が載っている。

鶴見　そうね。

金子　その教科書のいくつかをみてみましたら、切れ字はセミコロン〔;〕でやっているのが

霧に白鳥白鳥に霧というべきか　兜太

ありましたね。「Old pond ;」でやっていました。それぐらいしかできない。「や」は訳せないんです。でも小学校の絵を見たら、蛙がいっぱいとびこんでいましたね。あの句の外国訳は……。佐藤紘彰さんの『百匹の蛙』によれば、英訳だけで百例以上あるそうです。小泉八雲訳をはじめ……。それだけで一冊の本になっちゃう。しかし俳句の翻訳って非常にむずかしいわけです。

鶴見　だから自由度なのよね。

金子　そうなんです。

鶴見　ああ、そういうのもあるのかなって、今度は日本人のほうが感心したりする。

金子　そうです。そのなかで八雲だけなんですね、フロッグスにしてるのは。複数の。しかも彼は into は書かないんです。池にとびこんだと訳してないんです。池があります、複数の蛙がとびこむ水の音がしました、と並べて書いて、まさにその「や」の切れ字を、われわれのいうように正確にあつかっている、と読むわけですが、そのへんはどうか、わかりません。八雲がどう受け取ったか知りませんが……。偶然かもしれませんし。

鶴見　おもしろいわね。

金子　おもしろいんです。だからそういうふうに一つの句の訳でいろいろあります。とにかく切れ字というのが非常にいま大事なテーマで、短歌と俳句というのを語るときに、どうも切れ字の重要度をどのぐらい評価するかというので違うような気がしますね。歌人はあまり重くみてないと思います。

鶴見　でも、歌でもどこで切れて読んだらいいかというのが、このごろたくさんあります。五七五七七に整えてそれを読むのか、それともそれを無視して一気読みするのか、とても読むとき考えるような歌がたくさんありますね。

金子　そうでしょうね。

鶴見　それから短歌で時々「や」を使う歌がでてきた。だからそれはやっぱり、ここで切るんだよということをね。だから自分が作った歌をこういうふうに読んでもらいたいと思うとき、どうしようかなと思うんです。どこで切って……。だからここにほんとに空間をあけて書くとかね。

定型ということ

鶴見さんの歌を拝見しますと、とくにいいなと思った短歌は五七五の七七を切り離せないいんですね。——兜太

金子　その話で一歩踏み込ませてもらいますと、いま一つ、短歌と俳句を語るとき、定型観の違いがどうもある。それでちょっと鶴見さんの歌を引用させてもらいたいんですけれども、俳人の定型観というのがさらに強固になってきている。それで歌人の場合はそれはかなりゆるくなっていると私はみるんだけれども……。

鶴見　そうなんです。だからそれを私は破調乱調の歌というの。

金子　鶴見さんの歌を拝見しますと、とくにいいなと思った短歌は五七五の七七を切り離せないんですね。つまり七七を切り離して五七五だけでも味わえないだろうかと思うんだけれども、そういうのだとすれば短歌として弱いと思うんですけれども、そういう弱い短歌じゃないかと思ってみると、鶴見さんのいい歌は切り離せないのがほとんどですね。その典型的な例を二つほどひろってきたんです。それがだからやっぱり歌人ですよ。徹底しておられるんです。

鶴見　どうしても俳句はできないんですよ。

金子　昨日いっておられたことも、まんざら外交辞令じゃないと思いました（笑）。

鶴見　いや、ほんとなんですよ。それで俳句の人は短歌は嫌いなんですよ、冗長だから。

金子　冗長なんです。ところがこういう短歌を私はいいと思う。これは俳句としても読めるというか、七七を切り離せないんです。あなたの歌で、〈転倒は許さじと念え美しく歩まむとすれば転ばむとする〉。五七五だけにこだわれば、「転倒は許さじと念え美しく」で切っていいわけですよ、以下はいらないと、こういう議論がでるんですが、この歌の場合は絶対切れないですね。「歩まむとすれば転ばむとする」という、これはキーワードに近い、この歌の中では。こういうのが短歌だと思うんです。ところがやわな短歌だと、切り離したっていいじゃないかと思う短歌がけっこうあるんです。

鶴見　そうね。発句になるんですね。

金子　はい。そこの定型観の違いというのが、最近の歌人は非常にきびしい定型観をもって作る方が増えている感じがあるんですけれどね。増えてるかどうかわかりませんが……。それからいま一つあげてみますと、昨日、黒ちゃんから命令されたものだから少し勉強しなおしたんです（笑）。それで、これなんかすごいと思うんだ、私は。〈有次と銘を打ちたる銅の大根おろしは関町にあり〉。これは絶対に途中で割ることはできない、切れないです。

鶴見　そうなの。だから散文になっちゃうのね。

金子　いや、中身は散文的ですけれども、しかし絶対そうじゃない。韻律がじつにきびしい、五七五七七の韻律音が。つまりリズムにきちんとのって、緊密にのってる、隙間が全くない。したがってそこから生まれてくる韻律が非常に清々しい。

鶴見　いや、だって毎日やってるのよ。あの大根おろしがあったらもっとおいしくできるんだあと思ってやってるけど、それを使えないけど、関町にあるんだぞって、そういいたいのよ。

黒田　京都の有次の、あの目立てをきちっとした、目立てをさわっただけでこわいような……。

鶴見　わざとやってもらうのよ。目立てをね。

金子　「有次と銘を打ちたる銅の」とくるあたりがね、鶴見和子ですよ（笑）。

鶴見　いや、ああいうのを私はもってるんですよって言いたいのよ。

金子　この歌も私はとても好きです。ほんとに病中の人と思えない。切実。そして緊密にリズムに結びついてね。五七五七七をぴしっととらえてる。こういうのは感心しました。

鶴見　だから打ちこめちゃうの。

五七五というきびしい定型観で支えるのがいちばんよろしいのではないか。──兜太

金子　こうなるともう短歌、俳句の区別がつかなくなっちゃう。非常に緊密なきびしい定型観というのが両方にあるという感じですね。ところがそのことを逆に俳句で申しますと、正岡子規のご承知の〈鶏頭の十四五本もありぬべし〉という最晩年の句がございますね。鶏頭、植物ですな、鶏頭が十四、五本あるんだろうというだけの句なんでね。だからはじめ、弟子の虚子はこれを『子規句集』に入れなかったぐらいなんですよ。そういうふうに非常にぶっきらぼうな句ですが、これはきびしい定型観があって、五七五というような、こういうきびしい定型観で支えるというのがいちばんよろしいのではないかというか、そう思います。また、心ある者はそういう方向に向かってるということなんですけれどもね。なぜきびしいかということで、これに七七をつけて短歌にできるだろうかと思ったら、できないですな。それがきびしいですな。つまり七七を許さない完成をしてる俳句は、これは非常にきびしい。いかにも俳句だなと。それがいいかげん

梅咲いて庭中に青鮫が来ている　兜太

だと七七がくっつくんです。

それでちょっと笑い話なんだけれども、今朝もいくつかくっつけてみたけれど、絶対くっつかないんだ、これ。「鶏頭の十四五本もありぬべし病牀六尺身動きもならず」。だめだよな。

鶴見　そうよ。

金子　うん、そうなんだ。それから「鶏頭の十四五本もありぬべし病み惚けては人を謗りて」と、あれは妹の悪口ばかり言っててね。「病み惚けては人を謗りて」となってても弱いですね、七七が。

鶴見　説明的になっちゃう。

金子　なっちゃいますものね。それから「鶏頭の十四五本もありぬべし背中に尻に穴のあきたり」と。「背中に尻に穴のあきたり」といっても、それほど短歌としてはきびしくないですね。

鶴見　「ありぬべし」で切らなくちゃね。

金子　そこで完結してるんです。これが俳句なんですよね。ところがいまの俳句はだらだらだらだらして、七七を許すような俳句がけっこう増えているんです、一方では。だからこういうところで……。だから韻字止めが大事だといったのは、芭蕉だったかしら。五七五の韻字で止める。それをしないといけない。きちっと止めないといけないといったのは、そういうところの問題意識からくるわけですね。以上なんですけれどね。

鶴見 なるほどね。

金子 何かご質問でもあれば……。

鶴見 ああ、おもしろい。大変ありがたくうかがいました。だから俳句のほうが定型というものが非常に大事なんですね。短歌のほうは、七七は説明と思うんです。多くの短歌のなかで、これは説明になってるから、なくもがなというのがあるんじゃないかしら。

金子 ずいぶんあるんじゃございませんか。

鶴見 ね。

金子 ただ名歌というのは、さっき読み上げたように、つけたりになりませんね。七七が緊密についています。

鶴見 ああ、それが短歌の……。

「歩けません」きっぱりいいてゆらゆらと
足踏み出せし回生の一歩　　和子

金子　名歌。
鶴見　短歌の定型詩。
金子　だと私は思います。
鶴見　だから俳句になってもいいような歌だったら、それは俳句にしたほうがいいということね。
金子　そうしたほうがいいということです。
鶴見　だめなんですね。
金子　はい。そう思います。
鶴見　いや、どうしてもこれ以上いうことないなって、一つ作って、七七が足りないけれど、もうこれ以上いうことないなあというようなことを考えることがありますね、短歌をつくるときに。それはだめなんですね、定型短歌としては。
金子　ええ、そうなんです。
鶴見　よくわかりました。

■金子さん、自選俳句五十句の中で「や」を入れてるの一つだけですよ。――和子

黒田　金子さんの俳句には、とくに皆さんによく知られている句には「……や」というのはあ

まりないですね。

金子 ないです。

黒田 「や」「かな」「けり」の句はほとんどない。ないんだけれども、金子さん独特の韻律で切れているんですね。たとえば〈彎曲し火傷し爆心地のマラソン〉という句があります。これは季語がないわけです、〈彎曲し火傷し爆心地のマラソン〉で完結ですから。だけどとても映像的で、ランナーの発する音も感じられる。そこにはもちろん七七はつかないですね。だから金子さん独特の韻律ですね。リズムというか、一行の存在が重厚なんです。

鶴見 俳句を音読する、自作自演がありますね。

金子 このあいだやりました。日本近代文学館、中村稔が館長のところで。

鶴見 ああ、それはレコードか何かになさいました？　よかったでしょうね。

金子 そう言われました。私にとっては、最初の体験でした。

鶴見 金子さんの俳句は、古い俳句と違うでしょう、韻律が。だからこれはどう読むのかなということが私、しばしばわからなくなるんです。それをご自分でやっていただくともっとよくわかるようになるんじゃないか、何をめざしていらっしゃるかということが。どういう韻律で読んだらいいとお考えかということをとても知りたいと思うんです。自作自演してください。

我が灰を我が手もて海に撒かむとす
夢より醒めて膝痛む夜半(よわ)　和子

金子　あとから時間があったらやりましょう。

鶴見　それをちゃんと吹き込んでおかれると、これはいいわよ。ＤＶＤに作るといいわ。というのは短歌はたくさんあるんですよ。それからお歌会始のようなときに、朗々と昔のように読むとか、百人一首のように読むとか、いろんな読み方があるし、それから自作自演もレコードが残っているんです。だけど俳句は、私にはわからないというのが、たくさんあるんです、金子さんのも。だから私はそれを朗々とやっていただくと、俳句のリズム、韻律はどういうものかというのが、はじめてそこでわかるでしょ。文字として読むより音として聞きたいということをとても感じました。

金子　よくわかります。音律形式ですからね、もとは。もとの形式ですから、それはそうなんです。今度やってみてわりあいに評判がよろしゅうございましてね。おっしゃるように、これをテープにとったらどうかという意見もありました。

鶴見　そうでしょう。それは残しておくべきよ。

金子　ええ、少しやってみようと思っているんですけれど。

鶴見　ところで金子さん、この『証言・昭和の俳句』の自選俳句五十句の中で「や」を入れてるの一つだけですよ。〈暗黒や関東平野に火事一つ〉。

金子　そう、それだけです。

鶴見　あれはいいと思った。

金子　あれは戯曲家の井上ひさしさんが、これはいいといってくれて、ただ「おれなら火事じゃなくて、小火(ぼや)一つにする」と言うんですわ。〈暗黒や関東平野に小火一つ〉だって。

鶴見　ああ、それは諧謔も入ってる。

金子　ええ、彼の諧謔なんです。そうなんです。

鶴見　ああ、そう。それはとってもいいわ。「暗黒や」で背景がわかる。「関東平野に小火一つ」、「小火」ってどういうふうに書きますか。

金子　「小火」と書くようです。

鶴見　そしてふりがなをする？

金子　そうでございますね。「小火事」と書いて「ぼや」がほんとなんでしょうけれどね。彼

山国や空にただよう花火殻　兜太

はそういってました。

鶴見　しかし、〈暗黒や関東平野に火事一つ〉、やはりあれはすばらしいと思った。「小火」では「暗黒や」が生きないんじゃないですか。

「創る自分」と「主体」

主体を俳句のような五七五に書きこむにはどうしたらいいのかと考えた。——兜太

金子 それで一言、ほんとに短く、私の造型論とか、創る……、一言というのは、昨日、藤原さんが「主体」とさかんにいってたでしょう。あれが私にとっては大事なコンセプトなんです、概念なんです。

鶴見 それが「創る」ですか。

金子 ええ。それが「創る自分」なんです。あの時、そういう考え方で「主体」という言葉を使ったんです。やや教科書的ですけれども、要するに内なる現実と外なる現実というような、とかくどっちかに傾いて語られますね。だけど戦後の状況のなかで、私は外の現実を大事だというんで、内なる現実と外なる現実が総合されてる内面というのが主体、その内面を所有してる人間存在、それが主体であると、こういうふうな概念規定をしまして、そのために俳句のような短い詩ですと、なかなか書ききれないことが多いから。

鶴見 だからインプリケーションでいいんですね。その人がそういうことを考えてつくっているんだと、そういう意味ね。

金子 そういう主体、自分を、そういうふうな主体を俳句のような五七五に書きこむにはどう書きこんだらいいのかというふうに考えた。

鶴見 私、だいたい金子さんの俳句には、どれもそれが内にあるということを感じますね。

金子 そこを受けとってもらえばありがたいんですが……。ただそれについていろいろ苦労したわけです。それで結局、映像という概念をまた自分でつかんで、イメージというやつを。結局、自分の内面をそのまま書くというんじゃとても書ききれないわけですからね。感じたこと、思ったことをただ書くんじゃだめなんで、映像として一つの創造体をつくりあげる。それを俳句に書く。それで「創る自分」である主体が創造体をつくって、映像をつくって、それを俳句に書く。これが現代俳句の基本手法だというふうにいったんです。それがこの「造型論」と「創る自分」

の基本なんです。これは昨日、藤原さんが冒頭でいってたから、ここで「主体」を一言と思って加えておきますが、私のつくり方の基本がまさにそこにあるわけです。もちろんそう言いながら、つねに逸脱してるわけですけれどね。

鶴見 私、それを皆子様の『花恋』にとても感じたんです。

金子 昨日のお話がそこにくるんでしょうね。

鶴見 私、そうだと思うのよ。ほんとにあれはことさらつくられるんじゃなくて、浮かんでくるんだと思うの、ご自分の中に。だからそれをシューッとだして、どうしてこんな言葉が、こんな花がここへ急にくるのかなあと思うと、つまり、それはこの方の心象風景がそこへでてるんだなと。

金子 そうですね。映像はその心象風景なんですね。それが映像化されるという。

鶴見 だから驚いたのよ。短歌では心象風景ということをいいます。で、心象風景を私はいつでも短歌にしてると、そう思ってます。だけど「われは」とか、「わが」という言葉はいつでも使ってるわけです。ところが俳句は使ってないのね。ほんとにまれにしか使ってない。ところがそれを俳句でだすということを、この「創る自分」ということで心の中にイメージをもつという、そういう表現でおっしゃっているんだなと。

金子 ぴったりです。そういうことです。

猪が来て空気を食べる春の峠　兜太

鶴見　私、そう思ったの。それでそれをまさに、もうたくさん実現していらっしゃるのが、皆子様の俳句だなと思ったんです。だから金子先生の理論を読んで、皆子俳句を読んで、こうして読み比べていたら、ああ、これが実践なんだなと思ったの。

金子　そのとおりですね。だからさっきも「即物」というのが非常に大事だと、私はずっと言いつづけてきてましたけれども、「即物」といまの「創る自分」の造型ということとどう重なるんだということです。これは単純な話で、基本的には「即物」の姿勢をもっていて、そこからでてくる自分の心象風景を映像化していくという、そういうことですね。それはちっとも矛盾しないと思っています。

鶴見　あれはとてもおもしろかった。「創る自分とイメージ」ということ。

金子　あれは国文学者の栗山理一先生が、あの方の『誹諧史』というのは非常に優秀な論作ですが、あれで私の「創る自分」を評価していただいて、非常にうれしかったんです。

鶴見　だから「われ」はなくていいんですよね。だから短歌でも、「われ」を言いすぎないで、「創る自分」がここにいるんだぞということがはっきりわかるように表現すればいいわけですよね。

金子　結局、そうなんです。

鶴見　だけど俳句はもっと短いから、もっとむずかしいのね。

金子　ええ、それがむずかしいんです。そこにも私が「簡潔感」といったのは、定型観ですか、それなんですけれどね。非常にむずかしいです。

一般人は全部、定住漂泊者だと私はみているんです。そのことをどこまで自覚してるか、自覚してないかというだけだと。——**兜太**

金子　それから後は、「定住漂泊」とか、こんな概念についてぶつぶついうことはないと思うので、句と鶴見さんの歌をあげたほうがいいと。鶴見さんの歌も……。たとえば私の句ですと、定住漂泊というのは単純にいって、原郷とか原風景というのを人間みなもっているわけですね。それと現実の体験がいつもずれてますね。オギャーと生まれた時からずれているというふうに言われておりますが、その原郷とか原風景というものと、現実体験のずれというものが絶えず日常生活にあって、それが漂泊の心底を生みだす。漂泊の心底というかメンタリティ、漂泊の心性を

手足萎えし身の不自由を挺(てこ)にして精神(こころ)自在に飛翔すらしき　和子

生命(いのち)細くほそくなりゆく境涯にいよよ燃え立つ炎ひとすじ　和子

生みだしていく、形成していくと、こう私は思っているんです。

ただ、それが実際には放哉や、いや放哉は違いますが、山頭火のようには歩けない普通の人の場合だと、定住して、その心底を温めていると。心底といったらいいかな、心性、心底だな。その心底を温めていると。その上にそれを一つのバネにして、自分の世界を屹立させようとする、定住のなかに屹立させようとすると。そういうのが人間の一般的な生きざまではないかと。その屹立の度合いが違いますけれどね。あるいは屹立させようなんてことを諦めてしまう人もたくさんいるわけだけれど。それが人間のふつうの生きざまだとみてるんですけれどね。だから一般人は全部、定住漂泊者だと私はみているんです。ただ、そのことをどこまで自覚してるか、自覚してないかというだけだと。

それで自分の句で、〈よく眠る夢の枯野が青むまで〉という句が、これはわりあいに近い時期にあるんです。さっきの読みをやってみると、「よく眠る／夢の枯野が／青むまで」と、こうやるわけです。これは私は定住漂泊者の句だと、その心底を書いていると、こう自分で自負しているんです。それからいま一つ、〈海流ついに見えねど海流と暮らす〉という句です。海流がとうとう見えなかった。「海流ついに見えねど／海流と暮らす」、その海流と暮らしている。これは無季の句です。これは「海流」が立派につなぎの言葉になっていると思います。こんな句が私にありまして、それで鶴見さんの歌で、私が読んでこれは定住漂泊者の歌と。定住漂泊者の歌というのは失礼ないい方で、定住漂泊を承知した歌というかな。〈生と死のあわいに棲みていみじくもものの相（すがた）のするどき気配〉というので、「気配」なんていう感じ方に私は漂泊性を感じるんです。

鶴見　元気な時は気配なんて感じないんですよ。だけどこういう身になると、とっても気配を感じるんです。

金子　よくわかりますね。それから、こういうのを読んで、私、定住漂泊者としての鶴見和子という感じをもったんですがね。〈きもの着て白足袋穿きてぞうり履き姿見の前にすっくと立てり〉。これはまさに定住漂泊者だと思いました。漂泊性を感じるんです。しかもきちんと定住している。そこに屹立しているものをつくっている。それからいま一つ、〈我が灰を我が手もて海に撒かむとす夢より醒めて膝痛む夜半（よわ）〉、いいですね。とくに「我が手もて」というところが……。実にいい。

抱けば熟れいて夭夭（ようよう）の桃肩に昴（すばる）　兜太

鶴見 いや、ほんとにそういう夢を見るんです。これは海に流そうと思っているから、それを自分が演ずるの、夢の中で。

金子 よくわかりますね。

鶴見 だから体が思いを演じる。それがよくわかります、昨日おっしゃった、俳句というのはパフォーマンスだと。自分が演じてるんです。

金子 それがよくわかりますね。そこに定住漂泊者の面影が（笑）。それから生き物感覚は、これは私はアニミズム感覚といってもいいと思っているんですが、生き物感覚。

「ふたりごころ」という「生き物感覚」

「我感じるゆえに我あり」と直さなければいけない。——和子

鶴見　あれ、おもしろい。

金子　「ふたりごころ」の感性版といったらいいか、感性の働きとして現れている「ふたりごころ」か、そういう言い方だな。

鶴見　「ふたりごころ」というのは、相手は人間でなくていいんですよ、自然でいいわけでしょう。

金子　そうなんです、むしろそうなんです。

鶴見　むしろそうでしょう。自然存在という。

金子　そうです。すべての生き物。

鶴見　そう。すべての生き物とお話をしてる。アッシジの聖フランチェスコみたいなの（笑）。

金子　そのとおり、そのとおり。ふたりごころというと人間同士みたいになりますけれど、そうでなくて、あらゆる生き物と心も通い……。

鶴見　そうなのよ、それがアニミズムなの。

金子　とくに感性面の通いが大事だと思うんです。

鶴見　それはあの人がいってるのよ、今西錦司。今西錦司の最後の到達点はそれなのよ。これはちょっと余談になりますけれども、今西錦司がデカルト批判をしたんです。「我惟(おも)うゆえに我あり」、それでは「我」は二分してしまう。人間と自然を切り離す。これが近代のまちがいのもとである。そう言わないで、「あ、手をぶつけた、痛い、我感じるゆえに我あり」というふうに直せば、動物でも植物でも全部がそれに応じることができるから、等し並みに考えて、自然のものと人間とが、人間は実際、自然のものなんですけれども、交流が、話が、伝達ができる。そういうことをいったんです。それが今西さんの最後の到達点なんです。

金子　うん、よくわかりますね。大賛成ですね。

鶴見　それは日本人の思想だと、私考えていたの。そしてオランダに会議があって行ったの。そうしたらオランダの気象学者、王立気象台の長官が、同じことをいったの。私が今西錦司のデカルト批判を話したら。「我惟う」じゃなくて「我感じるゆえに我あり」と、あれは直さなければならない。そうでなければ気象なんてものは、いままったくはずれるっていうのよ。はずれるのが当たり前だと。科学が厳密化、厳密化といって、厳密にすればするほど天候の予報ははずれます。それはまちがっているからですと。だから感じるということを主体にすれば、もっと予報は当たるようになります。そういったのよ。しかもそれは王立気象台の長官よ。

金子　なるほど。おもしろいな。

鶴見　私、テナカスさんというその気象学者とすごく意気投合したの。

金子　大賛成だな。

■生き物感覚が働く時というのは、状態がいい時なんでしょうね。——兜太

鶴見　だから日本人だけじゃないのよ。より普遍的な感性だというふうに考えなくちゃいけないんじゃないか。いま近代がゆきづまっているから、そういうのがでてきたのかもしれませんけれどね。ずっと流れて、人間というものに流れてきてるのよ。

金子　そうですね。それは、日本人一般にわりあいに共通している感覚じゃないかと私は思い

夏の王駿馬三千頭と牝馬(めうま)　兜太

ます、欧米人よりも。

鶴見　ああ、それは言えます。

金子　というのは、日本人は汎神論でしょう。何でも神と感じるんです。そういう人たちだから、この感覚に恵まれているんじゃないかと思っているんです。

鶴見　それはそうだと思いますけれど、これが日本特有だというのはまちがいです。

金子　そうですね。欧米人でも心あるものはわかってきている。そこで、日本の庶民の代表が小林一茶という俳人なんで、その人の句を二つほど吟味してほしいんです。たとえば、こんな句があるんです。〈赤馬の鼻で吹けり雀の子〉というんです（笑）。こういうのをちょっと見て、すぐ書く、この感性ですよね。それからこれはとてもいい句だと思うんですが、〈形代(かたしろ)に虱(しらみ)おぶせて流しけり〉。あれですね。「虱おぶせて流しけり」というと、なんだか体の弱い少女が見えてきますね。その少女についてた虱をとって、人形につけて流す。

鶴見　ああ、厄払いね。

金子　厄払いです。これはいい句だと思うんですがね。〈形代に虱おぶせて流しけり〉。「虱」

なんぞが主役になってくるというのは、いかにも……、この俳句は文化文政期なんですけれど、この時期になって虫たちがみんな主役になるんです。それまでは人間に従属するかたちで句に詠われていることがほとんどなんですけれどね。

鶴見　いいわねえ。〈形代に虱おぶせて流しけり〉。形代流しというのはそういう効用もあるんですね。

金子　あるんですね。これはとってもいいと思ったんですがね。それからまた、鶴見和子さんの歌で、これがそうだと思うんだけれどもどうでしょうか。〈細胞の一つ一つが花開く今朝の目覚めは得難き宝〉というのはどうですか。これはご自分に対する感応ですね。

鶴見　あれはほんとにああいう感覚をもったの、その時。

金子　そうでしょう。

鶴見　これを歌にした時、とってもうれしかったんです。ああ、歌になったと思って……。

金子　こういう生き物感覚が働く時というのは、状態がいい時なんでしょうね。

鶴見　そうなんです。その病院の訓練のやり方がとてもよかったんです。それでだんだん体が

江戸紫プリムローズははにかみて
枯芝の底ゆちらと萌え出づ　　和子

ほぐれてきたんです。そしてよく眠って、朝、背中でもなんでもみんな花開いていくという感じがしたんです。

金子 なるほど。「細胞の一つ一つが花ひらく」というのはピンとくるんだな。それからこういう歌はどうでしょうか。これは水俣を歌われたものですね。〈水俣のヘドロの海を森となし石仏を置く次の代の夢〉。この「水俣のヘドロの海を森となし」という感覚の動き方は感じますが、「石仏を置く次の代の夢」、これはまさに私なんか日常の感覚を感ずるんですね。いわゆる理屈じゃないと思いますね。完全に感性が射止めた言葉。それからこれは典型的な〈たまゆらの藍の生命をいとおしみ露草の花玻璃壺に挿す〉。これは鶴見さんでなくてもできる歌だけれど。

鶴見 そうよ。これは一日花ですから、もう二、三時間の命しかありませんって、くださった方がここのベランダで育てて、そしてくださったから、私、そんなことないわと思って、もっと生きるわと思って、水に挿して見てたら、ちゃんと二日生きたんです。だから一日花といっても一日じゃないのね。それはただ形容としての一日花なのね。それがわかったの。命をこっちがいとおしんでやれば。それがやさしい手なんですよ。私、植物が人間に感応するんだと思う。それがすごくおもしろいと思うの。

金子 ああ、植物が感応するというのはいいね。

鶴見 植物が人間の手に感応するんですよ、こちらが心をこめてやれば。それから私、考えて、ひとからいただくたくさんの鉢植えのシクラメンとか胡蝶蘭とか、そういう貴重な花をいただくと、心して水をやって、心して陽のあたるところに次々にもっていくんです、車椅子に乗せて。そうすると一年花じゃないんです。二年、三年と生きますよ、蕾がでて。驚くべきことよ。植え替えできません。私、一本の手で、土を替えることができない。植え替えしないで、ただ水やりと陽にあてることだけやってて、生きるんですよ。それはさっき申しあげた、テナカスさんという人から教えられたの。その話もしてくれたの、ご自分の体験から。そのときはああ、そんなものかと思ったけれど、やっぱりそうなのよ。植物は人間に感応するのよ、ほんとに。

金子 だからそれがいい。その感応が衰えてないというのがいいわけですな。その感応が衰えてませんよ、これ全部詠み終わっても。またあとが続くんでしょうけれど。

鶴見 いや、だんだん衰えてくると思いますけれどね。『花道』のころはいちばん私が生きてるという感覚が非常に強かったんです。ここへ移ってきて、すべてが、宇宙のなかに自分が浮かんでいるという感じになったの。すごく生きるという力が強かったんです。そして、はじめて外へ行って講演もしましたし。俊輔が連れだしてくれて、おまえしゃべれって言ってくれて。

金子 ああ、そうか。いまでもできそうですね、講演は。

黒田 このあいだなさったんです。「嫋(たお)れてのちはじまる」、去年の十月ね。大きな大きな会場でしたね。

チューリップスピノザ フイス（Spinoza huis）に萌ゆらむか
西行庵に花の散るころ　　和子

鶴見　それは「遺言」ということで、特別寄稿として雑誌『環』（第二〇号、二〇〇五年一月）に掲載していただきました。

金子　あの中ではアニミズムを強調してましたね。

黒田　結論はクストーと南方熊楠。NHKのラジオでも放送になったんです。

鶴見　そう。縮めてね。

黒田　あの時も、車椅子でいらしたけれど、壇上の鶴見さんに障害があるなんて会場のだれも思えなかった。

鶴見　それでそれを俳句にしてくださったの。

黒田　ときどき右手をサーッと高く伸ばされるんですよ。〈銀漢にふれ山姥の舞ひいづる〉です。

鶴見　私が手をあげたら、「銀漢にふれる」って。

金子　すごいじゃない。

鶴見　ありがとうございます。季語のこともよくわかりました。私の歌についてのご意見も光栄でございます。

金子　一般性と芸術性、これも、いまの話にふくまれていると思います。

弔句を贈るということは、贈られる人と自分との関係が全部問われる。――和子

鶴見　そうよ、全部入ってる。それで歌の佐佐木幸綱さんによると、はじめは歌というもの全体が挨拶の手だてだったとおっしゃるんです。それがだんだん明治から文学という枠組の中に入れられて固定化した。歌垣だって愛のやりとりですものね。だけど男女の愛だけではなくて、挨拶一般になったの。だから結婚式のおめでとうとか、それからお悔やみの追悼とか、それからこ

主知的に透明に石鯛の肉め　兜太

んにちは。どこか新しいところに漂泊していきますね、そうすると皆様にまずご挨拶しなくちゃならない。挨拶の歌というものをまず配らなくちゃならない。そういうものだったというんです。日常の挨拶の手段だった。それが文学という枠組にはめられて固まってしまった。そういうことをおっしゃってね。

佐佐木信綱先生は私の祖父後藤新平が死んだ時、私の母が死んだ時、いつでもお悔やみの歌を書いてくださって、それが私の勉強部屋に飾ってあったんです。それをここへ持ってきて、幸綱先生にお目にかけたの。それでこういうお歌は佐佐木先生の歌集に入っていますかとうかがったら、いえ、入ってません、たくさん書きましたと、そうおっしゃった。いろんな人に贈られたの。だけどそういうのは歌集に入れないんですって。それで私がこっちへ来てしまったから、東京の家が無住になりました。それだからガラスの表面に埃がついてくもっていたんです。それを幸綱さんがここに来られた折に丁寧に磨いてくださったんです。そしていまは私の部屋の机の前に掛けてあるんです。だからやっぱりそういうものだったんですね。つまり挨拶の手段だったんです。

金子　そうですね。それはよくわかりますね。

鶴見　贈答よ。だから挨拶に贈るのね。贈答歌。贈答句。

金子　そうですね。つまり、「ふたりごころ」。

黒田　金子先生は弔句の名人。

金子　弔句じゃなくて嘲笑じゃないか（笑）。

黒田　情の濃い作品で普遍性があります。

鶴見　それは喜劇精神で、愛情の印。

金子　そうじゃ、そうじゃ。

黒田　弔句とかお祝いの句とか、つまり贈答句。贈答句の核心は季語を贈るのだと。相手の方にその時のもっともふさわしい季語を贈るのだということを教えられてきました。

私の先生の山口青邨は十二月十五日に、九十六歳でした。朝十時に職場に電話が。先輩の古舘曹人さんからいま先生が亡くなられたと。私はじっと考えて弔句を作ったんです。選んだ季語は寒牡丹、冬の牡丹、〈寒牡丹大往生のあしたかな〉です。あしたというのは朝なの、ひらがななんです。前年まで東京女子大の句会で、私たちを指導されてました、杖もつかれない。大往生ですね。沢木欣一先生が、こういう句を詠めたということも弟子のしあわせだと……。

金子　青邨を想って、寒牡丹がでてきたわけだ。

鶴見　そういうふうに季題を生かすということね。

金子　ああ、そうですね。
鶴見　そうね。先生も納得されてるわね。だからそれは亡くなった方のご遺族へのいちばん大きい慰めになるのよね。
金子　そうです。
黒田　その季語を味わってくださるのはその方を愛した人たちなんです。同門の弟子、それからご家族、奥さま、そういう方々なんですね。一句を吟味して受けとられるのはそういう人々なんです。ご本人はいないんです。でもその季語は先生に捧げたものです。
鶴見　本人じゃないの。弔句を贈るということは、その贈られる人と自分との関係が全部問われる。
金子　ということだよな。いまの話を聞いてて、山口青邨は私よく知ってるんです。青邨という人間と「寒牡丹」の牡丹そのものの感じ、よく合いますね。やっぱりものが共有されているというのはそこだと思うな。

若狭乙女美しと鳴く冬の鳥　兜太

黒田　九十六まで健康で、病まれなかった方です。お骨揚げのとき、古舘さんの話ですが、先生の頭蓋骨が白牡丹の花びらのようだったと。それを聞いて私感激したんです。

金子　それは句の後か。

黒田　はい。句を詠んだ後で知らされました。

金子　ほう、それはすごいな。

黒田　句は逝去を知らされたその朝に詠みました。

鶴見　だから先生が感応されたのよ。死者もまた感応するの。いや、感応ということはあるのよ。

金子　ありますね。

鶴見　それは迷信だというけれど、そうじゃない。

思わざりかくも静けき時の流れ我が生涯の果てに待つとは　和子

黒田　そののち盛岡のお墓に納骨。戒名はなくて、「青邨の墓」という山墓に骨壺からザザザザッて土のところに落とすのです。白牡丹の頭蓋骨も全部土に返すんですよ。

金子　うん、土に帰するわけだ。うん、ぴったりだ。よく分かる。

鶴見　それはすごい。

金子　それはまさに青邨はそうだ、白牡丹だよ。

正統が一般性をもたない。いまという時代は。――兜太

黒田　青邨という作家は生涯、有季定型の俳句を作ってたわけですけれども、私が若い時に金子兜太さんをどう思われますかと質問しましたら、「金子君は金子君で立派ではないですか、あの人はあの人の道を行くべきだと思う」と。

金子　私が四面楚歌の時ですね（笑）。ええ。それは多としてますね、いまでも。

鶴見　人間としては楸邨を、俳句としては（中村）草田男をいまは尊ぶ、そうお書きになってますね。

黒田　鶴見さん、『証言・昭和の俳句』をよく読まれてますね。すごいですね。暗記されて……。

金子　でも、青邨という人を私は尊敬しています。

黒田　でもほんとにあの時代、たぶん金子さんはすごくむずかしい時だったと思いますね。

金子　そうです、そうです。一九六一年の安保の。あれから世の中がすごく保守返りをしたわけですよ、全部が。

鶴見　そうそう。

金子　逆波をくったんですね。それであの時印象に残ったのは、そのさ中に『今日の俳句』という、幸綱さんが愛読してくれた本を出したことです。

鶴見　ええ、幸綱さんが忘れえぬ青春の書としていらっしゃる本。

金子　ええ、あれに書いたんです。あの時に、あれは光文社の「カッパブックス」で書いて、その担当者が言ったことが忘れられない。

鶴見　ああ、あの話、書いていらっしゃいますね。そう。藁は嫌だって。

金子　その時、彼は、あんたが逆波をくらってる。その逆波をくらってる人間の本というのは売れるんだと、こういうんですよ（笑）。だから書けというんだ。こんなもの売れねえだろうっていったら、いや、それが売れるんだって。それは多少売れましたけれどね。あの発想はおもしろかったな。

逸早く気圧の配置感知する痺れし脚は我が気象台　和子

鶴見　そうね。
金子　そういうのがあるんですね。波をくらってる時のほうがいいと。
鶴見　上げ潮になって上がっている時よりも。それからそっぽを向くという人もあるのよ。あんなのはみんなに祭り上げられて……。だけどドンと叩かれてるのがいいと思う人もいるのよ。
金子　常に抵抗体だ。
鶴見　あ、そう。そりゃそうでしょうよ。
金子　多分ぎらぎらしてたんです、よそ目にはね（笑）。しかし、私自身はおだやかにしてたから、そういう状況に耐えられたと思っています。そうだ思い出すな。なんかよそ目には私という人間はそうだったようですね。いまでもそのころをよしとしてくれる人はけっこういます。あのぎらぎらしてた時はよかったと。いまはなんだ、すっかり萎んじゃってと……。すっかりアクが抜けてだめじゃないかって。
鶴見　だから玲瓏の人となられたの。
金子　いやいや、玲瓏というのは、あれはこわいな、あの言葉。とても私なんかにおよばないですね。

鶴見　そうね、年をとっても少年の心をもっていらっしゃる。それはいい年のとり方の条件。

金子　それは事実だろうな。

鶴見　だからいまは正統としての異端なのよ（笑）。それがおだやかさなのよ。この方の。

金子　ああ、それはぴったりでしょうね。正統だから逆に異端。

鶴見　そうなの。

金子　というのは正統が一般性をもたない、いまは。いまという時代は。

鶴見　そう。正統としての異端。それが求められてます。

金子　まったくそのとおりです。正統だから異端なんだ。

鶴見　幸綱さんはこれからそこへ行くのよ（笑）。まだ年がお若いもの。

金子　いや、でも彼はスケールが大きいですからね。

鶴見　大きいわよ、あの方は。それから懐が深い。深くて広い。なんでも広い。己がじしを広く深くという、あれをほんとに自分の血肉化していらっしゃるのよ。

牛蛙ぐわぐわ鳴くよぐわぐわ　兜太

金子　うん、そうですね。だから俵万智なんかを包括してるのもその大きさでしょうね。

鶴見　そう。みんな収めて私も収めてくださって……。こんなの出して、人に反感をもたれることないかな。私かなりきついこといいますから、いまの時世について。そう思いながら詠んで、『心の花』に出すと、ちゃんと取ってくださるの。いまはなんでも出したものを載せるというところに収めてくださったけれど、以前は選歌されるでしょう。選歌時代はこれを出しても、出してくださるかなと思う歌をちゃんと出してくださるの。俊輔に、あれも出してくださったのよというと、彼は幸綱は大丈夫だよって言ってるんですけれどね。それはすごいです。あの方は。

金子　すごいね。

鶴見　それからまた、このあいだのＮＨＫ「全国短歌大会」では、非常に古い表現、ブランコのことを鞦韆（しゅうせん）、そういう古語を使って、そして非常に古い情緒を表現してる歌を、これはいいといってちゃんと選んでいらっしゃる。だから非常に広いんですよ。それが『心の花』が百年以上続いているつよみでしょうね、あれだけですものね、明治からずっと続いてるのは。もう千号を過ぎましたからね。

金子　そうだよな。たしかにそうだ。鶴見さんだと反発して飛び出す可能性もあるわけですよな。あなただと選歌に反発して、『心の花』の傾向に反発して飛び出す可能性だって十分あるわけですよ。

鶴見　私、飛び出したんですよ、若いとき。出戻りですよ（笑）。私は終戦直後は『人民短歌』に出してた。

金子　やっぱりそうでしょう。

鶴見　土岐善麿さんのグループにいってたんです。それでちゃんと私を、また抱擁してくださってるんだから、広いです。

金子　その反骨が残ってますね、あなたの歌に。反骨が一つのバネになってるという面もあるわけだから。

鶴見　いや、反骨がなかったら生きていかれませんね。

金子　ええ。

鶴見　こういう世の中でね。流されてたらもう生きられません。

金子　そうでしょうね。それをまだ幸綱はちゃんと抱擁してるんだから、たいしたものだ。彼は大物です。

鶴見　そうよ。幸綱さんは受け入れてくださる。

黒田　鶴見さんとの対談はよかったですよ。幸綱さんとの『「われ」の発見』がなければ、いまこうして私が鶴見先生とお部屋に坐っている状況はありえませんから。

漓江どこまでも春の細道を連れて　兜太

鶴見　そう、あの本のお蔭ね。今日はね、季題のことがとてもよくわかった。私、季題って形式だけのものだと思ってたけど、そうじゃないのね。季語を通して自然と人間が結びつく。

金子　そうですね。

鶴見　よかったわ、つまり、アニミズムに徹してるのよ。季題というものは、単に伝統的な形式なのではない。それをつねに人間が革新的にとらえ、解釈して使うことができる。そういうことなのね。

金子　単純に季語があるから俳句だ、ないから俳句じゃないとか、そういう意見がまだ多いということなんです。

鶴見　金子さんは苦しんで自分でご自分の道を発見されたのね。

俳人のほうが図式的です、ものの考え方が。そこを私が崩してるから、歌人に接近するんですね。——兜太

鶴見　それからね。朝日の「朝日歌壇」と「朝日俳壇」を比べてみても、歌壇には文明批評とか時事批評というのが歌にたくさん出てますよ。だけど俳壇には少し薄いわね。いくらか出てるけれども薄いわね。だから私、社会性とかいっても、それは薄いんじゃないかと思ったけれど、金子さんの選句を拝見してると、描写を通して暗喩としてあると。そういうことで私、俳句がだんだんわかってきました。

金子　ああ、そういうことで。ああ、ありがたいね。そこを見てもらえると。

鶴見　俳句は短いから言葉としてパカンと言わないのね。

金子　心象風景として。そういってもらえればうれしい。

鶴見　それは金子さんの俳句を見てればわかりますよね。

金子　いやいや。

鶴見　金子さんの論を聞いていると、とっても短歌に近くなるのよ。俳句に親近性をもつのよ。

金子　でしょうね。

鶴見　だから、あら、そんなに違うものじゃないのね、とこのたびじっくりとご本を読んで感じました。俳句も、短歌も。

地の魂(たま)を喚び起しつつ歩むなり杖音勁(つよ)く打ちひゞかせて　和子

金子　おっしゃるとおり。俳人のほうが図式的です、ものの考え方が。それは図式的に考えるからです。そこを私が崩してるから、歌人に接近するんですね。

鶴見　だから私は全然違う。歌人というのはもっと自由なんですよ。

金子　そう。意外に自由ですね。

鶴見　このごろとくに自由なの。

金子　うん、そう。

鶴見　自由だから脱線しやすくなるんだけれどね。幸綱さんは自由であって脱線しない。新しい型を彼は確立しつつあるのよ。私、そこがすごいと思うの。ただ脱線して、はずれたら結局はずれたきりなのよ。

金子　うん。型はずれってやつ。

鶴見　型はずれと型破りは違うの。

金子　違うね。確かにそう。そこは重要だ。

鶴見　型を破って次の型にいくのが、これが菊五郎型なの。

金子　なるほど、なるほど。面白い。それは。よくわかる。しかし、みんなはまろうと努力する。はまりたいんだな。

鶴見　だから読んでもちっともおもしろくない。私、ちっともおもしろくないの。だけどおもしろいのは、あの「全国大会」（ＮＨＫ）で、金子さんや黒田さんが選ばれる句はおもしろいの。

黒田　金子さん、頻尿のお婆さんが除夜の鐘を聴いたという句を特選句にされて……。

金子　なんと彼女、はるばる北海道から出てきたんですよ、その頻尿のお婆さんが。あれはおもしろかったな。

鶴見　ほう、おもしろい。いや、だから俳句は短歌とそんなに違わないんだなとだんだん思うようになったの。はじめは、全く違うから、私に俳句はわからないと頭から決めちゃってたの。

金子　ああ、それでそうおっしゃってたんですな。わかりました。

鶴見　ともかく、あんまりむずかしいこと言わないほうがいいわよ。誰にでも分る日本語で話してほしい。さびとかわび、私、あれはつまらないものだと思ってた。つまらないものだけれど、むずかしいものだから、私には全然わからない、そういうふうに決めこんでたのよ。そうしたらびっくりしたの。金子さんの選集のあの第一巻を開いたときにぱらっと月報が出てきたのがよかったの。そこで幸綱さんの文章を読んで、それで私、ぱっと分かったの。

金子　いや、あなたが何度も俳句がわからないとおっしゃってた意味がわかりました。よくわかった。

鶴見　おわかりになりましたでしょう。

みんみん蟬生命（いのち）のかぎり鳴きつぐを
我が歌詠（うた）うリズムとぞ聴く　和子

金子　かなり皮肉をこめて言ってたということが……。

鶴見　いいえ、そうじゃないんでございます。慇懃無礼じゃないんです。それは私の本心を語ったんです。

金子　そうですね。

立派な俳人はみんな構えちゃうみたいだな。
私はおへそから下のことも平気でやりますから。――兜太

藤原　金子兜太ファンというのは、けっこういるんでしょうね。

金子　そういう妙なファンがね。あの野郎、その時期何してたんだろうというような、そんなことなんですよ。俳句でどうなっているんだろうって。だからそういう人生談義のようなものが絡んで俳句が語られると、意外に魅力をもつんですかね。

鶴見　ここの老人ホームでも俳句の方のほうが多いわね。それで俳句はちゃんとグループを作ってやってらっしゃるの。それでいつでも張り出されます、いい作品は。だけど短歌は短歌を作ってる人はいるけれど、数が少ないし、短歌のグループはないの。ここには俳句のグループだけがあります。

藤原　つまり歌人の人生論というより、俳人の人生論のほうが圧倒的に……。

金子　身近なんだよ。

鶴見　昨日、お茶をくださったり、お菓子をくださったりした庵主様も俳句をなさってるの。そしてNHKに投稿してます。

金子　暮らしといっしょにやれるという感じがあるんだろうな、俳句は。

鶴見　そうそう、暮らしといっしょにやれるのよね。

金子　特別な感じがないんでしょうね。

鶴見　だけど短歌だって日常を詠んでるのよ。

金子　そういうけれど、俳句よりやっぱりむずかしいんでしょう。そのへんは七七がわざわいしてるんじゃないですかね。

大根の花に水牛の往き来　兜太

鶴見　どうしてかしら。だってなにしろ俳句をやるには季語を学ばなきゃならない。短いから短いのはむずかしいと私は思うんだけれどね。だって短歌は季語なんかないでしょう。それで風景の描写といっても、長いからやさしいわけよ。

金子　それは逆じゃないでしょうか。

鶴見　でも俳句は短い。そして寸鉄人を刺すことをいわなければならないでしょう。

金子　まあ、そうですが……。

鶴見　だけど寸鉄人を刺すようなこと、そんなにめったに言えるものじゃないわよ。

金子　だから鶴見さんは非常に次元の高いところで考えているんです。一般の人間はそうじゃないんですね。それで私の自慢は、与太のような俳句が、あなたのようなインテリゲンチャにもてる。褒めてもらえる。同時にうんと普通の人たちからもよろこんでもらえることなんです。

鶴見　そうよ。

金子　あれが一流性と一般性。一流かどうかわかりませんがね（笑）。

鶴見　だから喜ぶのよ、ああいうのは。

金子　そうなんです。

鶴見　だけどああいうのはなかなか作れないのよ。

金子　それはこっちの体の力というか、冷飯を食ってた人生があるからでしょう。

鶴見　だけどああいうのは作れないわよ。とっても作れない。

金子　私がいま俳壇でわりあいに注目されているのは、それが一つありますね。私がそういう変な句を作り……。

鶴見　いや、それがおもしろいのよ。

金子　それをまた平気で言う、ということでね。

鶴見　おもしろくて。でもなかなか作れないのよ。

金子　どうもそうのようですね。立派な俳人はみんな構えちゃうみたいだな。私はおへそから下のことも平気でやりますから。

鶴見　そうそう、そうね。

金子　それがいいみたいです。

鶴見　それが伝達の秘密ね。

金子　工夫してない、おのずからやっちゃうんです（笑）。

鶴見　そこがすごいのよ、おのずから。

金子　それがいいみたいですね。年の功だと自分では思っているけれども、それだけじゃないみたいですね。お食事中だけれどいいですか、非常にきたない言葉を。私はこういう句を作っているんです。〈長寿の母うんこのようにわれを産みぬ〉というんだ。私の母親は安産で、取り上げ

夏の山国母いてわれを与太という　兜太

た助産婦の人が、まるでお前のおふくろはうんこみたいに子供を産んだといってる。それを聞いた私が、「うんこのようにわれを産みぬ」と、自分を産んでくれたと。これは意外に評判がいいんですよ（笑）。

鶴見　だから健康なのね。お母様が健康だった。

金子　母親は健康だったんです。これはわりあいにおもしろいでしょう。

鶴見　それすごくおもしろいわよ。そんなことを感じる人がたくさんいても、それを俳句にするということはないから。

金子　鶴見さんならわかってもらえるという気持ちがあるんだな。ところが中間の連中、インテリ性の鈍い、そういう言い方はおかしいが、といって本当の庶民でもない、その連中はだめね、こういう句は。くすぐったがりますね。

鶴見　それはおもしろいわよ。それと虚子の〈去年今年貫く棒のごときもの〉、あれはすごいわ。ほんとにそうだもの。

金子　あれはかなり観念的なものですけれども、そういう世界というのがおのずからつくれないとだめなんです、ほんとは。

鶴見　それがとても自然にシュッとでてくるからすごいのよ。

金子　そう。わざと作ったら厭味なんですよ。それはまったくそのとおりです。

鶴見　実感がこもってるから。薄っぺらじゃない。自然であたたかい。

金子　そうなんです。

鶴見　それは生き物感覚ということでお話ししてらっしゃるでしょう。

金子　本日、ここではいたしませんでしたが、遠慮してしなかったんです。でも鶴見さんだったら心配なかったたね。共感して下さったなあ、やっぱり。

鶴見　そういうのがシュッとでてくることがすばらしいのよ。無邪気なの、金子さんは。

金子　まあ、そう思ってるんですけれどね。私はね、溲瓶（しびん）の句をだしたんです。ＮＨＫのテレビの句会に。「ＢＳ俳句王国」。

黒田　私はいただいたんです、いい句としてね。あれは松山放送局の番組。〈秋遍路溲瓶を手

熊野なる原生林を踏破せし熊楠の霊は山に籠れる　和子

放すことはない〉という句です。金子さんの句かもしれないとも思ったけれども、私は金子さんが溲瓶を手放すことがないんじゃなくて、だれか病者か、お遍路をしている人か、介護の人なんかのことを詠んだのかもしれないと。私自身、遍路吟行を重ねていますから、八年も。ですから「溲瓶」という物の存在と、「手放すことはない」という確信犯みたいな妙に臨場感のある言いまわしに圧倒されていただいたんです。共鳴者は少なかったです。

そしてその後に判明したのですが、きょうでも金子さん、溲瓶を持参されてるんですよ。必ず金子さんはお家でも旅行先でも溲瓶を……、お父様が秩父で寒い時にお手洗いに立って脳溢血で倒れられた。それで以前から使ってらした。お父さまのようにならないために。

金子　これからは必ず話の中にそれを入れようと思ってる。溲瓶の重要性を。

黒田　名句かどうかは別として、「溲瓶を手放すことはない」という表現にはリズムと、リアリティがあります。余談ですが、私、なぜか高齢者の方からファンレターが沢山来るんです。テレビをみて。

金子　きみ、老人ホームをつくりなさい。

黒田　だめです。私、全然やさしさがないです。勘違いされてるんです、テレビでいい人なんじゃないかと私を思いちがいされる方が多いんです。困ります。

鶴見　いい人よ。

金子　いい人だな（笑）。

黒田　違うんです。

金子　ざっくばらんだからいい。

黒田　それもあやしいです。実のところ。

金子　黒田杏子経営の老人ホームなんて入れてもらおうかな（笑）。

黒田　毎日、金子さんのご託宣を聴いて。大変だなあ。

金子　逆と違うか。

鶴見　老人から廃人（俳人）になるんだから……。歌人にはなれない（笑）。

金子　歌人（佳人）は若い時。ハハハハ。

でもなあ、考えてみると、俳句というこの社会はピンキリでおもしろい社会ですなあ、じつに。不思議な感じですね、この俳句という世界は。つくづく。なあ。

鶴見　なにしろ俳句は手軽だという感じがする、短いから。私は短いからむずかしいと思うんだけれど。でも寸鉄というのはむずかしいのよ。

我がうちの埋蔵資源発掘し新しき象(かたち)創りてゆかむ　和子

金子　むずかしいんでございます。

鶴見　寸鉄は人を刺せないのよ、なかなか。

金子　いや、鶴見さんみたいな人はほんとに外にあと一人いるかどうか。だから敬遠されますね、一般の俳人たちからは。これほどの知性は……。みんなタジタジだよ。

鶴見　私はつねにはじかれて、敬遠されるの（笑）。

金子　そうでしょう。そういうタイプですよ。なかなか不思議な世界だなあ、しかしなあ。ほかの国には俳句みたいなこんなものないでしょう。面白いことですなあ。

■しかしずいぶん前向きだなあ。恐るべき人だ。あなたは。――兜太

金子　ところでね、結局、母親は百三歳で亡くなったでしょう。遺伝子を痛感します。それからさっきの「うんこのようにわれを産む」じゃないけれども、私みたいなものをポッと産んでくれたというのは、それがどうも私の自信になってるんだなあ。母親の遺伝子……、私は母親に似てるそうです。顔つきも、とくに体つきが、横顔が似てるっていうんですがね。たいした美人じゃなかったからね（笑）。

鶴見　それじゃあ、ご長命ですね。

金子　長命でございます。それは確信しております。ええ。それが安心材料になってて、いろんなことがあっても、いや俺の遺伝子は、という気持ちが働くんですね。そうすると妙な自信になるから、崩れないですね。それは鶴見さんもそうでしょうけれども、われわれみたいに年取ってくると、何かつまらんことで気が萎えて、俺はもうだめだというように思うことがあるわけですね、しばしば。

鶴見　私はあんまりないの（笑）。

金子　気丈な人だからな。この方は普通の人じゃない（笑）。

鶴見　いや、私は変な人なの。だめだと思ったことがないの。それがおかしいって上田敏先生から言われたの。『回生』を贈ったのよ。そうしたらあれを読んで、こりゃおかしいぞって。ほんとのことをだしてないんじゃないかって。

金子　ああ、そう思いますよ。分かりますよ。

冬眠の蝮のほかは寝息なし　兜太

鶴見　それで恰好つけてるんじゃないかって。それだから、これ見て、まだやることがあるぞと思って、私に電話をくださったの。ご自分が一度診察したいって。それであの先生のところに行って、私歩けるようになったの。

金子　ああ、そうですか。うーん。しかしずいぶん前向きだなあ。恐るべき人だ、あなたは。

鶴見　いや、私、恰好つけてるんじゃないかって言われてびっくりしたのよ。私は当たり前のことだと思ってやってたことを、先生にそう言われてね。私はいい子ぶってるのかなあと思ったけれど、そうじゃないの。

金子　すごいねえ。それはすげえ。

鶴見　だから私は躁病ではないでしょうかって、お医者さんにきいたの。

黒田　でも挫折感はあったでしょう。

鶴見　そう、勉強を途中で放擲したの。だけどその時はしょげるっていうじゃなくて、これをどうやって乗り切るかという、乗り切る道を探してたの。

金子　健康な挫折感だな。それも普通の人間じゃないね。たまげるね。

鶴見　そう、健康な挫折感。それを梃子（てこ）にして、四十五過ぎてプリンストン大学に行って、学位を取ってきたの。

黒田　首席だった。

鶴見　もうそれは言わないでよ。やめてよ。だから俊輔が私をばかにするの。

金子　がんばったからだね。がんばれるんだ。

鶴見　私、一番になろうと思ったんじゃないの。

黒田　でもなっちゃったんでしょう。

鶴見　だから一所懸命勉強したの。

金子　そういうことだよね。非常にアクティブなんだ、積極的なんだ。私の場合だと、やっぱり一歩前進二歩後退じゃないな(笑)。二歩前進一歩後退か。一歩後退しては二歩前進という、そういう状態です。率直に言って。

鶴見　そうです。私はおっしゃる通り。前向きです。

金子　その後退時点で母親の遺伝子というのが働くんですよ、私には。

鶴見　後退すると、なにくそという……湧いてくるの。挫折というのはバネよ。テコよ。

金子　ええ。ただ鶴見さんの場合はおのずから湧くわけでしょう。私の場合はそういう遺伝子なんていう要素が一つ頭に入ってて、それで動き出す。そのへんが違いますね。だから自力が弱い。私は。あなたは自力の人だ。

鶴見　いや、だから遺伝子を尊敬してるのよ。

毛越寺飯(いい)に蠅くる嬉しさよ　兜太

倒れられて鶴見さんは現在、非凡。しかし、もともとが非非凡なんですよ。——兜太

黒田　お母さまは何というお名前だったんですか。

金子　はる。

黒田　はると唱えれば元気がでる。

金子　うーん、そうだね。親父も元春だからね（笑）。

鶴見　親父さんは伊昔紅(いせきこう)でしょう。

金子　あれは俳号です。でも私の親父はあなたによく似てます。つねに積極的な男でね。伊昔紅も壮年期になって俳句を作って号をつけたんですけれども、「伊昔紅顔美少年」という劉廷芝の詩からとってきた。「伊昔紅顔美少年」という。自分はいつも紅顔の美少年のつもりだった。そうだ。あなたによく似ていたな、親父は実に。

鶴見　ああ、思いこんでたの。

金子　思いこんでた。

鶴見　実際そうだったんでしょう。

金子　また、そういう生き方をしましたね。彼はずっと若いころから丸裸で寝てたんですね、田舎で。ずっとですから、それでいいと思ってたんだな。それである寒い冬の夜にパッと起き上がって、それでお便所へ行ったんです。それで帰ってきて、ころっと死んじゃった、脳破裂で。結局、寒気に堪えられない状態になってるのに自分じゃ気づかないんですね。

黒田　お丈夫だったんですね。

金子　とても丈夫だった。頑健そのもの。百歳はいけると信じてました。

鶴見　私もそうだったの。

金子　ええ。だからよう似てますわ、私の父親とあなたは。

髣れてのち元(はじ)まる宇宙耀(かがよ)いてそこに浮遊す塵泥(ちりひじ)我は　和子

鶴見　だから年を取っているということを気づかなかったの。だから愚かなの。お医者さんにうんと言われたの。あなたは頭では二十歳だけれど、体は完全に七十七歳、倒れた時は七十七歳ですよって言われた。

金子　ああ。その割れ目で、父親にそれも似てるじゃないですか。私の親父が年齢を自分で意識しないで生きてきたから。

鶴見　私もそう。

金子　そういう失敗を演じたのとそっくりですね。

黒田　でも鶴見さんは回生を果たされたました。鉄人ですね。

金子　うん、見事に回生されちゃったから、あの世で親父がひがんでいます。

鶴見　だけど回生の時、あなたのこの痺れは、神経を束ねる深部の中枢が壊れたからだと。これは現代の医学では回復することはできません。だからあなたは一生このままです、と言われたのよ。左側が完全に片身麻痺のままでした。しかし、こっちが壊れたけれど、こっちのほう、つまり認識能力と言語能力は二十歳のままです。だから座って書けばいいでしょう、仕事はできますっていわれたの。しかし、もとへは戻れないって。回復できないということはもとへ戻れないということでしょう。じゃあ、もとへ戻れなかったら前へ向かって進む以外にないじゃない。それで回生と。つまり新しい人生を切り開くって、そこに賭けたのよ。

金子 それも積極的ですなあ。だから非非凡なんですね、非凡じゃないんだよ。倒れられて鶴見さんは現在非凡。しかし、もともとが非非凡なんですよ。

黒田 マントヒヒみたいじゃないですか（笑）。

金子 非非凡がそういうように自分の体なんか無視して進んでいった。それで倒れた。そこでやっと非凡になった。でもまだ凡じゃない。

鶴見 そうじゃなくて、気の強い女なのよ。

金子 だからそれですわ。

鶴見 気が強いの、いつでも。だから落ちこむなんてことないのよ。

金子 だからそれがすごい。だからだんだん見てるとわが父親を見る思いがあります（笑）。

鶴見 私の親父もそうだったの。

金子 ああ。

鶴見 ＤＮＡよ。

金子 でもお父さんを十四年間看られたというのは、すごい体験ですね。見事だな。仕事しながら。

鶴見　それが私を真人間にしたの。

金子　うーん、すごいよねえ。そういうことができるんだなあ。たまげた。

鶴見　そうよ。それは看護婦さんを二人雇って、もう一人、看護婦さんのお休みの時の代理の看護婦さんを雇って。三人雇って、それで私が稼いでたのよ。それで着物も買いたければ買ってたの。だからどうしてたんだろうと思う。

金子　踊りもやってたんでしょう。

鶴見　踊りもやってました。だから変ね、私、どうやって成り立ってたんだかわからない。

金子　非非凡だな（笑）。やっぱり。

鶴見　だからほんとに忙しい忙しいよ。

金子　いや、驚く。でも忙しいと思ってなかったんでしょう。

鶴見　忙しいとは思ったわよ。

金子　そのあいだ、自分の健康ということはまったく考えなかった、倒れるまでは。

鶴見　自分の健康はちっとも考えなかった。健康だからそのままでいいと思った。だから何をしても私は倒れない、病気にならないと。それがばかよ。

金子　そうすると逆にしあわせだったかもしれませんね、今度倒れられたのが。

鶴見　それがいけなかったの。

金子　いや、今度倒れたのは小さな傷でしょう。だけどそのまま進んだらほんとにばったり倒れて、私の父親みたいにそのままになっちゃう。その可能性もありましたな。

鶴見　そのままにならなかったのは、その晩に診てくれたお医者さんの判断がよかったから。

金子　それもよかったですし……。ともかく親父は一発で死んじゃったんです。

鶴見　その時、すぐに入院できて、一晩中、ただ絶対安静で寝て点滴してた。それで私は回復したの。

金子　そういうのを悪運が強いっていうんです（笑）。

鶴見　ああ、悪運が強いわ。私。

金子　そういうことです。悪運が強かったんだな。うちの親父のほうが善良なんですよ。

鶴見　悪運とＤＮＡです。

二階に漱石一階に子規秋の蜂　　兜太

金子　そうそう。だから鶴見さんも八十八までそんな調子でがんばったら、倒れないで、それこそやっぱり一発で逝かれてましたよ。だからそれはかえってよかった。長生きされるんじゃないですか、これから。必ずされるな。そういう運なんだ。

鶴見　私、まだしたいことがあるの。どうしても。

金子　いや、十分あるでしょう。南方熊楠はもっと有名にしてくださいよ。

鶴見　だけど南方熊楠を書いたのは早いわよ。私、五十代でしたもの。

金子　しかしね、まだまだそれほど日本人が親しんでませんもの、あれほどの偉いやつに。

鶴見　私、もうちょっと生きたいの。

金子　彼をもっとうんと有名にしてください。まだ名前が読めない人が多い。だから読めるように……。誰でもが。

鶴見　いや、だいたいこのごろ、南方熊楠と読んでくれるようになった。

金子　南方熊楠を今風に訳してだしていただけると、みんな親しむんじゃないですか。

鶴見　でも熊楠の文章は読めますよ。

金子　普通には読めますが、さっきからいろいろ話にでてきた俳人なんかのかなりの部分は、全く読めないんじゃないですかね。

和子・兜太の養生訓

多様なものが多様なままに共に補いあい、共に助け合って生きる、共生の道を探るのが曼陀羅である。——和子

黒田　これからの時間で鶴見さんが一番なさりたいことは。

鶴見　それは今度出る頼富本宏先生との対談（『曼荼羅の思想』藤原書店）で、私が非常にはっきりしてきた。その後書きにはっきり書こうと思ってるんですけれどね。私が倒れる二か月前に国連大学で「文化と科学の対話」という国際シンポジウムがあったの。その時の基調講演は、日本から大江健三郎、フランスからはジャック＝イヴ・クストー。この二人だったの。クストーは、三十年間も四十年間もかけて世界中の海底の探検をした、探検家ですね。そうして得た結論は、第二次世界大戦後、海底の生物の種類が減少してるということを発見したの。彼のそれにもとづく結論は、生物の種が少なければ少ないほど、この地球は生物にとって生存のむずかしい、もろい場所になる、多ければ多いほど生存ができる強い場所になる。そしてとくに弱い生物が存在するということが、生物の生存の条件であるということをはっきり言ったんです。そしてそれだけではなくて、同じことが文化についても言えるといったの。文明とか文化についても、自分はいろいろ研究してきた、探検してきた。いろんな種族がそれぞれの文化をもってるわけです。インディアンとかエスキモーとかアイヌとか、そういうものの文化がだんだん大きな文明によって排除され、消されてきた。それをずっと自分が調べてきて、同じ結論に達したという の。単一文明しかないところはその文明自体が滅びに向かってる。そして文明とか文化の種類が多ければ多いほど人類は生存する条件を整えている。そういうことをはっきりいったんです。それで私、感動して、私の内発的発展論と同じだと思ったの。

それだけじゃなくて、これはすごいことだと思ったのは、曼陀羅思想というのは古代インドに発祥した思想で、それを仏教の密教が継承したんです。それで曼陀羅になったんです。曼陀羅が何をいっているかというと、頼富さんがお書きになっていらっしゃる本を読みますと、一つの空間にたった一つの種類のものしかないというのは曼陀羅ではない。一つの空間に多様な種類のものが存在していることが曼陀羅である、とはっきりおっしゃっているんです。

それで私流にそれを言いなおすと、多様なものが多様なままに共に補いあい、共に助け合って生きる、共生の道を探るのが曼陀羅である。そういうふうに私は定義づけるの。そうするとクストーが自分の実証的な研究から得た結論と一致するんです。それはすごいことではないか。というのは、古代ですよ、古代インドの思想と近代科学の、エコロジーというのは近代科学の先端科学で、新しい科学です。その科学の結論が一致するということなんです。そしてこの一致点を実践をもって行ったのが南方熊楠なんです。南方熊楠の曼陀羅論、南方熊楠のエコロジー運動、神社合祀反対運動、それなんです。そうすると古代と近代が結びつき、東洋と西洋とが結びつくという、そのことがでてくるのよ。

現在、世界を支配してるのは単一文明。いまブッシュ大統領は、もっとも強力な単一文明はアメリカだと思っている。そしてもっとも強い軍事力をもってる。これが世界中に流布する。それをめざして弱小文明を殺していってる、排除してるの。これは自殺行為だということがはっきりするんです。それでどうにかしてこの曼陀羅思想をエコロジー思想と結びつけたい。曼陀羅はインドから中国を通って、空海と最澄によって日本に伝来したんです。空海は日本では深く信仰されていて、巡礼というのがいまさかんに行われている。だから民衆のなかに広く流布している。

これが曼陀羅なんです。ですから私たちは、私たちの東アジアの思想にもっと自信をもって進んだほうがいいんじゃないか。そうでなければ、ブッシュについていくことは滅びに向かっていることなんだ、そういうことを私、はっきり言いたいんです。

金子　大賛成。

鶴見　それを私はどうにかして、内発的発展論、それぞれがそれぞれの地域で発展の仕方は異なってよろしい。それを進めていってお互いに結びつこう、そういう考えですから、その強力な基礎を与えてくれているんです。いまそれを考えているんです。

金子　それをもっと書いて、もっと広く伝えたいというお気持ちですね。

鶴見　それをするには少なくとも二、三年はかかる、まあ五年。そのほかにしたいことがありますから。それが一番の眼目です。

いままで意識しないで闇雲に、頭が惚けないように、無理に無理に仕事をやってた。もうそういうことはやらない。——和子

金子　内発的発展論というのはまだ少数意見でしょう。

鶴見　そうです。ですからそこまでつなげなきゃだめなの。それと私がもっと小さいことでぜひしたいことは、もうすでにはじめていてまだまとまってないのは、自伝です。

黒田　鶴見和子自伝。

鶴見　自伝はしゃべって、記録ができてるんですけれども、穴埋めをちゃんとして、きちんと本の形にしなくちゃいけない。それからもう一つは最終歌集です。これは『花道』の次です。『山姥（やまんば）』という歌集をちゃんと出して、自分で後書きまでつけておきたい。この三つの仕事があるので、それに向かって一体何年かかるかわからないけれど、やれるところまでやっていきたいと思っておりますので、それでお医者さまに相談したんです。私、あとどうしても少なくとも二年ほしいんですけれども、あと二年生きられますかと、ここの主治医にきいたんです。私が信頼している主治医なんです。そうしたら、いまのままを保てば大丈夫です、と。ということは、いつ何事が起こるかわからないということなの。それが起こればだめですということです。

金子　それはそうでしょうね。

鶴見　それじゃあ、いまのままを保つのはどうやったらいいか、それが私のいま身体を維持する日々の考えなんです。

金子　それが大事なわけ。よくわかるな。切実だ。

鶴見　そのために何をしているかということは、あとでまた。

金子　でもそれを意識されたということが一歩前進ですね。これまではそういうことを全く意識しないでこられた訳だから。

鶴見　そうです。いままで意識しないで闇雲に、頭が惚けないように、無理に無理に仕事をやってた。もうそういうことはやらない。のんびりとゆっくり自分をちゃんと維持しながら仕事をどこまでできるかやってみるという、そういうことです。

金子　ええ。大丈夫ですね。それを意識しただけでも五年は十分生きるんじゃないかな。大丈夫だ。

鶴見　それでとってもよく眠れるようになったの。

金子　ああ、いいなあ。だから『山姥』の次、今度は『超山姥』（笑）。

黒田　非非凡。非非凡山姥即ち、スーパー山姥。

金子　「鶴見非非凡超山姥」ですよ。

文化が残るということは日本民族が残ることですよね。私には、俳句があれば日本文化は残るという気持があるんです。——兜太

黒田　金子先生ものすごくお元気だけれど、常によく考えて戦略的に生きておられるんですよね。

金子　それははっきりしてます。実践です。

黒田　ご自分で編み出された養生法。

金子　まったく独自ですね。

鶴見　それじゃあ、すべてご自分で編み出されたの。それでは金子さんの目標をまずおっしゃって。どうぞ。

金子　いまのお話をうかがってて、だんだん自分の目標が卑小なものに思えてきて（笑）。

鶴見　いや、凝縮していきます（笑）。

転倒は許さじと念（おも）え美しく歩まむとすれば転（まろ）ばむとする　和子

金子　いまつらい思いをしているんです。

鶴見　凝縮してるの。

金子　いや、とんでもございません。

鶴見　私はぼやんとしてる。

金子　いや、いまほんとに何をと。これは気取ったいい方でしょうけれども、俺の場合は長生きをするしか取柄がないんじゃないかと、いまはっきり思っちゃった（笑）。ほかは何もない。それでとくに女房が病んでますから。しかもやつの場合は慢性癌だというからね。そうすると俺より長生きするかもしれん。それは絶対いかんと。こっちがともかく長く生きる。という何か妙な使命感が、ただそれだけですね。正直なところ。

鶴見　ああ、それはいいわね。

金子　おっしゃるような、文化とか文明に関わることがない。残念ながら。俺には。

鶴見　いや、それは日常性からいくととてもいいことじゃない？

黒田　でも金子さん、生きておられれば、金子さんご自身が文化財ですから。

鶴見　そうよ、文化財よ。その通り。

金子　まあ、黒田君もおだててくれるんですけれど（笑）。自分にはあまりその自覚はないですね。ごく普通の男だと思ってますから。

鶴見　そうじゃない。非凡よ。ほんとに非凡な人。めずらしい標本よ。人間の。

金子　めずらしい、特殊な男という意味じゃそうでしょうけれどね。どうもない。ただ、一つだけ、いまのお話で私があっと思ったのは、アメリカ的画一化、アメリカの文化についても画一化の現象が出てくるわけでしょう、アメリカニズム。これには抵抗してるわけです。で、私はやっぱり日本独自の文化というのを考えざるをえないし、考えてるんだ、絶対にそれは大切だと。

鶴見　そうよ。

金子　俳句は国民の文芸だと私がさかんにいってるのは、そこからきてるんです。国民文芸。国民文学ともいう。それで一般性、日常性かな、本格作品にこれを加えた複合的な文芸だということをいっているんでね。それを私がいま一所懸命思ったり言ったりしていることが、これまでのお話にも関わってくると。そう思ってちょっと喜びました。自分のやるべき目標なんてあまり考えてなかったものだから。そういう壮大な内発発展論に自分も寄与してるという気持ちがいまでてきたんで、これは大変な励ましです。ありがたかったなと。

鶴見　国は滅びるとも文化は残れ。日本文化が残らなくちゃいけないの。

金子　ともかく日本の文化は絶対残す、と。

鶴見　私はそう思ってる。それでやってください。

年ごとにまみゆる桜色艶の深まりゆくを我が老いとせむ　和子

金子　文化が残るということは日本民族が残ることですよね。私には、俳句があれば日本文化は残るという気持があるんです。

鶴見　そうそう、そうよ。

金子　そんなことを考えて、いま励まされました。励まされたけれど、正直なところちょっとなかなかそこまで思いつかないんですね、あなたのようにそこまでは。凡人は。

溲瓶(しびん)の日常化ということが、私にとっては非常に健康につながる。——兜太

鶴見　だけどそれじゃあ、そうするためにいま、日々何に気をつけていらっしゃる。

金子　それでひたすら長生きをめざしているわけです。

鶴見　長生きをするためには、どういう心得が必要ですか。

金子　それで一歩後退二歩前進のために、母親の遺伝子というのが一つの力添えになっているということが一つですね。それといま一つは、さっき黒ちゃんがいったように、溲瓶を私が、これは自分のある意味では創案だと思うんですよ。私の発見だと思うんですけれどね。これを日常

化しているということです。だから家にいても、旅に出ても、全部持っていく。このでけえカバンを持ってるのは、じつは溲瓶が入っているんです。

鶴見 それは偉いわ。

金子 溲瓶の日常化ということが、私にとっては非常に健康につながる。というのは、私はちょっと軽い頻尿気味になってきている。

鶴見 私もそう。

金子 そうすると、用意しておいてすぐ出せばさっぱりしますよね。それからとくに寝る時に夜中でも幾度もやりますね。それも溲瓶を使いますと、体の負担が少ないですから。それでけっこう睡眠がとれてるわけでございます。それが一つ非常に大きいと思ってます。もうかれこれ七、八年使ってます。

鶴見 ああ、そう。

金子 ひょっと意識しだしてね。使い出したのは杉浦明平のアドヴァイスからですが。私は杉浦明平さんが好きで、書いたものよりも人が好きなんですが、名古屋に行くと俳句大会に呼んで

長生きの朧のなかの眼玉かな 兜太

だけれど。

おしゃべりしてたことがあるんです。それからちょっと昵懇にあずかって、そうしたら彼が、「金子君、いま俺は溲瓶を使ってる。あれはいいぞ」と。彼も少し長生きしたんじゃないかな。少し

鶴見　そうね。私は、中国へ行った時、ごいっしょでした。

金子　そうでございますか。人柄のいい人ですね。

鶴見　いい人です。

金子　そうなんです。彼のヒントです。それが私の健康法で。それと私が前立腺体質じゃないということがわかったから、どうも自分は前立腺は大丈夫だと思ったので、よけい頻尿だけに注意することにしたんです。

鶴見　私はどうしてそうなったかというと、大腿骨骨折をして、大腿骨に金属の骨を入れてるの。そのためだと思うんです。足がとっても痛むんです、夜寝てると。いまでもずっと痛むんですけれども、夜寝てるといちばん痛むの。それで目が覚める。目が覚めた時にトイレに行くの。

金子　溲瓶をお使いください。

鶴見　いや、ちょっと無理ですね。

金子　無理ですか。そうですか。

私は左側は全部痺れてます、頭のてっぺんから足のつま先まで。もちろん口の中もです。——和子

黒田　でもこうやってお話してますと、鶴見さんのそのひどく痛いという感じが私達には全くわからない。

鶴見　そうよ、忘れちゃうのよ。うっかり。痛くてもこうしてお話しして夢中になっていると感じない。つまり話のほうに神経がいってて。寝てる時は足のほうに注意がいっちゃうの。

金子　ああ。私も夜寝て、足の痺れがくることがあるんですよ。

鶴見　私は左側は全部痺れてます、頭のてっぺんから足のつま先まで。もちろん口の中もです。

金子　足が痺れるのは何か心臓に関わるとか言われてるんで心配してるんだけれどね。それはやっぱりひとりでいる時にそうなりますね。だから意識しますね。それでこうやっている時はなんでもないわけでしょうね。

鶴見　意識してない時はいいんです。

金子　そうのようですね。それと私の場合、朝体操するのが、これは常識的なことでしょうけれども、竹踏みなぞをやるんですが。竹踏みはいいみたいですね。

鶴見　そうですね。あれはツボを刺激する。

酒止めようかどの本能と遊ぼうか　兜太

金子　すごい回数だと思いますね、我ながら。毎朝三百回ぐらいは踏んでるから。もうやめませんね。それからお腹をこすってる、乾布摩擦も、これはすごいな、学生のころからですよ。戦争中もやってましたから。これはいいです。だから腹の皮が面の皮よりも厚くなっている（笑）。

鶴見　自然には元気にならない。加齢とともに体力は落ちるんだけれども、なんとしても加齢で体力が落ちるのを防ぐ、現状を保つということがいまいちばん大事なの。

遅刻しても言いわけはしないという方針で。――兜太
いまの自分の間を守ってるのよ。大切なことなの。――和子

金子　ええ、そうです。それとこれはお笑いになるかもしれませんが、ひとに迷惑をかけることを心配しないというか、気にしないという……。遅刻なんていうのは平気で。

鶴見　一人で病気はできないというのを書いていらっしゃいましたね。あれですね。

金子　そうなんです。家内から言われるんですけれどね。どうもその点になると非常に独断的でございまして、それを善しとしてるんです。だから遅刻しても言いわけはしないという方針で。

それから電車が乗る前に出ても走らない。絶対に電車まで走らない。

鶴見　ああ、よくできますね。

金子　必ず普通の速度でいくと。だから必ず遅刻するんです。

黒田　昨日、金子さんが約束どおり東京発新幹線の座席に居られた時、ほっとしたんです(笑)。

鶴見　それはとてもえらいわ。

黒田　カルチャーセンターでもなんでも遅刻常習犯。

鶴見　だって走ればころぶ可能性が十分あるのよ。

黒田　大昔からですよ。堂々と遅刻してこられて、そして「いまから便所に行きます」と。なぜか便所から戻られて拍手で迎えられる。

鶴見　いまの自分の間(ま)を守ってるのよ。大切なことなの。

おもむろに自然に近くなりゆくを
老いとはいわじ涅槃とぞいわむ
和子

金子　一応そういうことなんです、よくいえば。そういうことで無理をしない、気を使わないというのは、いいようですね。

鶴見　それはストレスがないもの。そう、ほんとにストレスがないわね、この方。

黒田　遅刻されても、必ず時間延長で講義。きちんと責任は果されますね。

鶴見　それができるからよ。

金子　時間を延ばして、話はたっぷり気を入れてやりますからね、具体的には。うらまれることはしない。

鶴見　そうね。

金子　それとこれもお笑いになるかもしれませんが、夜のくつろぎの時間というのを自分で確保してまして、夕飯の後は女房も長男夫妻も全部追い出しちゃうんです。それで自分の居間にいて、テレビを見て、それで何を見るかというと、ニュースとサスペンスを見てるんです。あの安物のサスペンスを。九時から十一時までのあれが、ひどくばかばかしいものですけれども、あれ、なんだか見てると気がしずまるんです。だから寝る時はスパーッとしてましてね。すぐ眠りに入れるんです。あれは不思議ですね。ばかばかしいと思いながら見てるんですよ、あらかたを。そのばかばかしいと思ってるのがいいのかな。

鶴見　あれがおもしろいわよ、「ポアロとマーブル」。とてもよくできてるわ。

金子　うんうん、あれはできてますね。ああいうのは、私の見てるもののなかでは高尚なほうでしてね。変なおばさんが走り回ったりする、団地のおばさんが走り回る、ああいうのがおもしろくて。案外すっとして、なんかこっちの軽い優越感というのがあるのかな。見てるなという気持ちがでるんでしょうかね。そうするとすっと落ちつくんですね。やっぱり人間には軽い優越感が必要ですね。全面的でなくていいから、ある部分で必要と。

気を使い切って私は死にたいなあと思っている。——和子

鶴見　あらゆるものから気をもらうとおっしゃってますね。

金子　ああ、そうなんです。いまでもカルチャーセンターは大事にしてますが、女性が多いですから、「女性のオーラ」と私はいっているんですが、オーラがだいぶん刺激的ですね。それとさっきもお話ししたけれども、しゃべるということがいいですね。

鶴見　しゃべることはいいのよ。悪い気を吐き出しちゃうの。相手によるのよ、しゃべるのは（笑）。相手から気をもらわなくちゃ。

金子　そうです。嫌な顔をされるとだめですよね。それは絶対だめですね。

鶴見　この人はいいなと思ったら相手にしてしゃべる。よくないと思ったら失礼する。そうす

水俣のヘドロの海を森となし石仏を置く次の代(よ)の夢　和子

ればいいのよ。

金子　そうそう、そういうことですね。どうもそうだ。気を散らされてはいかんわけですね(笑)。そうそう、確かに気をもらうということを大事にしています。骨上げのお骨からも。

鶴見　ほんと？

金子　親友が死にまして。原子公平(はらここうへい)です。

鶴見　魂、精霊が入ってくるんです。

金子　彼の場合、大きくて骨格のしっかりした男で、同年で。気をいただきましたね。親友のお骨から気を。そして骨上げの俳句もずいぶん作った。

鶴見　だって精霊が入ってくるんだもの。

金子　どうもそうなんです。その骨の中に彼がほんとに生きてるって感じがしましたね。

鶴見　そこに使い切れなかった気があると思うのよ。それをいただけばいいのよ。

金子　ええ、どうもそうです。

鶴見　人間は全部使い切らないで死ぬということがあるのよ。使い切って私は死にたいなあと思っている。

金子 それが大事ですね。使い切った人の骨揚げの時は、私はそっとつまむだけにします。いただく気はなくなってる（笑）。

それでさっきのお話の、複雑に混在してる状態がいいというお話、多数がいいという。それを私は素朴だけれど、自分の家の庭で感じています。私のところは武蔵野のなかにぽかっと造った家で、武蔵野の雑木林を少し残したんです、無理して。今でもけっこう雑木があるんですね。

鶴見 いいのよ。雑木林が尊いの。

金子 いつの間にかいろんな木が重なりあってきて、ちょっと日陰になるんじゃないかという心配がありましてね。ある年寄りの植木屋さんに相談したの。これ全部剪定してきれいにしてくれないかといったら、旦那、それはだめだって。この複雑に絡みあっていて、日陰にもなったりしてるのがいいんだっていうんです。

鶴見 そうなの。

金子 それがいまのお話でよくわかりました。すっきりときれいにするのはよくないということ

春落日しかし日暮を急がない　兜太

とが。それでいま、私はその複雑な絡みあった雑木林を前にして、毎朝立って深呼吸して、お腹をこすってます。

鶴見　ああ、気をいただいてるの。

金子　そこで体操してます、毎朝。まさに木から気がくるんです。

鶴見　雑木から気をいただいてるの。いいですねえ。

金子　で、外に出ると人間から気をもらうという、これがいいと思いますね。

鶴見　いいわね。それが気功なんだ。

死者と対話する気持ちでずっと名前を読み上げていくんです。——兜太

金子　ああ。気功（笑）。私の場合は立禅といって、立ってします。禅は座禅ですね。私は立ったままで座禅というか、集中力を養う努力をするんです。その時どうしても立ってずうっといますと雑念がでますから、その雑念を整理するために、これもちょっと考えたんですけれど、亡くなった連中が、もうこの年ですからたくさんおりますな、何百人とおりますが、そのうちでいちばん近かった連中から名前をずっと頭の中で呼んでゆくんです。そうすると集中しますね。いま、かれこれ百何人ぐらいは覚えてて、毎朝ちゃんと順番も決まってます。

鶴見　ふたりごころね。

金子　そういうことですね。死者と対話する気持ちでずっと名前を読み上げていくんです。時々忘れるけれど、ほとんど忘れないな。逆にいうとその百何人の名前の忘れ度がひどくなった時、自分のどっかが弱ってきてると。その一つの診断材料にしようと、こう思っているんです。それをやると集中して、いまのふたりごごろですから、つぎつぎに親しい連中ができますから、自分も非常に落ちつきます。

藤原　それはだいたいどのぐらいの時間ですか。

金子　そうですね。毎朝四十分ぐらい。もちろん普段の服装で。立禅は家に入って。それで神棚、仏壇、混合の棚を用意しておいて、その前に立ってずうっとしてるわけですね。体操は庭でお日様を浴びて……。

黒田　過去帳を読み上げるようなものですね。

金子　やります。毎日です。欠かさないですね。

鶴見　なにしろくり返すのね。

金子　そうです。朝、必ず出しなにやりますから。ちょっと今朝ゲストルームを出るのが遅くなったのもそのせいです。これはしかし落ちつくなあ。昔は自分をいじめた人の名を挙げてまし

梅雨の家老女を赤松が照らす　兜太

たが、いまはもうそれはやめました（笑）。
鶴見　だって心が波立つでしょう。それでは。
金子　それはだめです。よくない。
藤原　邪気が取りついて。
金子　ええ。
黒田　金子先生は恐るべきプログラムを実行されつつ、日々健康と体力を維持されてるんです。
金子　そういうことだなあ。絶対に休まないで、継続。
鶴見　その戦略は全部、自分に都合のいいように編みだされたんだから。ひとがそれを真似ても、その人に効くかどうかわからない。
金子　だめでしょうね。

黒田　日記もつけてらっしゃる。毎日。

金子　そうだ。戦争中、トラック島時代のは捨てちゃった。そう、あれはもったいなかったんだけれどね。戦後も、六〇年安保のころからです、ていねいにつけだしたのは。ただ日記のほうは正直なところ、つけ損なって二、三日とばしたりということがございます。あとから記憶で書いたりやりますが。しかし、いまの立禅と称するものは絶対毎日やります。やらないと気持ちが悪いんですよ。落着かない。

鶴見　そうなの。なんかはじめると、やらないと悪いことが起こるような気がする。でもそれはいつごろから。

金子　この立禅は、十年は経ってる。七十ちょっと過ぎたぐらいの時からでしたかね。六十代のはじめに痛風になりました。それは漢方薬と食事療法で克服したんですけれども、それからあと十年間ほど元気だったんです。それが七十五、六かな、あのへんでちょっと異常を感じて自分の体に。そのへんでいまの工夫もいろいろ始めたんです。まず体重落とした。糖尿の気もちょっ

一生かけて費い果せぬ大いなる愛を給いしちちのみの父　和子

とあったんだけれど、いまは全くなくなった。

藤原　お薬も一切飲まず。

金子　いや、飲んでます、漢方薬。それから血圧が高いんです、少し。だから降圧剤を。

藤原　どのぐらい。

金子　一四〇～五〇、朝が。それで降圧剤を飲んでる、二つずつ必ず。血圧だけはもう二十年越しですね。結局、私は細心なんですよ。

鶴見　ほんとに精神が安定していらっしゃるという感じですよ。それで私も爽やかな感じで、昨夜はね。お目にかかる前は大分緊張してこんな偉い方とお話しできるかしらと。

金子　いや、私も同様ですよ。和子さんに会って話せるかどうかというので……。

鶴見　私、自分の無知をさらけだせばいいんだって、そういうふうに思ったの。でもお目にかかってお話伺って、昨夜は爽やかに寝られて、もう実に気持ちよく。ありがとうございます。

金子　なるほどな。私もまったく同じ。自分の無知をさらせばいいと思ってやって来たんですよ。それでも女房から言われて、なんべんも、あんた大丈夫ですかって（笑）。うん。女房も知ってますからね、鶴見さんのことはいろいろと。あの方とで本当に大丈夫ですかって。

鶴見　いや、皆子様には感動した。句集『花恋』に。

金子　同じ人間だから大丈夫だろうって（笑）。正直、怖かったですよ。まあ黒ちゃんの話だから行こうと。そう決心してやってきたわけです。

鶴見　どうして怖いんだろう。

金子　ご本と歌集、全部読みましたよ。くまなく。そして多田富雄さんとの対談。あれを読んで気持ちが落ちつきました。で、しっかりメモを取って。だからやっぱり準備してきたんですよ、ずいぶん。ずいぶん準備して。結局準備するというのは落ちつきますね。

鶴見　手を抜かない。それがいいのよね。用意周到。

金子　そうです。

鶴見　でも大変ね。

金子　だからしっかりメモだけ持ってくるということですよね。

鶴見　ありがたいことでございます。そのようなおあつかいを受けまして。

金子　いやいや、ほんとに私も昨夜は熟睡いたしました。ゲストルームでお風呂にも入って。

鶴見　実に気持ちよく寝ちゃったわ。それで、ああ、爽やかな目覚めだと思いました。

金子　ああ、よかったですな。それは。熟睡は何よりなんだ。年を重ねるとね。

産土（うぶすな）に還る

五七五にこんなになじんできたのは、やっぱり少年期から「秩父音頭」という民謡をずっと聞いてきたということが大きいと思います。——兜太

藤原　ちょっと金子先生におききしたんですが、私のイメージとしては、金子兜太というのは秩父だと、皆野だということがありますが、先生は上海にもおられたり、あまり秩父に長くはおられなかった。お父様はそうだろうと思うんですけれども、秩父の困民党の事件のこともありますし、先生にとっての秩父という産土（うぶすな）のことを少しおききしたいんです。

金子　一つは、私が五七五にこんなになじんできたというのは、やっぱり少年期からの「秩父音頭」という民謡をずっと聞いてきたということが、いまになると大きいと思います。その「秩父音頭」というのは、「秩父豊年踊り」と昔はいっていて、いわゆる百姓踊りと言われるやつでして、それを昭和五年でしたが、明治神宮の遷座祭（せんざさい）がありまして、明治神宮の遷座祭に各地の民謡を奉納したいと。埼玉県でもどうかといって知事に照会があったと。知事をたまたま親父が知ってたものですから、秩父だったら何かねえかということで、そしたらこれがあると。あるけれども、とてもこのままじゃだめだといって歌詞を親父が改造しまして、現在の形に。「秩父音頭」というものにすっかり改造して……。昔の歌詞はとても卑猥で。歌詞はあらたに募集したんです。自分の書いた歌詞も入れまして、募集した歌詞からも選びまして、それから踊りを私の祖父が。たまたま秩父には歌舞伎座が二、三あったんです、田舎歌舞伎ですが。祖父はその田舎歌舞伎の女形を道楽でやっていたんです。ともかく私のところは全部道楽者でして、祖父はしがねえうどん屋で農家だったんですが、そっちはあんまりやらないで、田舎歌舞伎の女形が好きでやってたんです。それで女形の所作というのは、鶴見さんの踊りのお話でわかるように、基本がしっかりしてますよね、なんといっても歌舞伎ですから。それでそれを土台に秩父音頭の踊りの形を改造したんです。

鶴見　ああ、お祖父様が。

金子　ええ。それまではおへそから下の踊りだったんです。しゃがんでこんな、お尻をすくい上げるような……。それをここから上の踊りになおしたんです。それから歌は吉岡儀作という農民がいまして、これがよく家へ来てて、彼がものすごく声がよくて。彼に親父が新しく募集した歌詞を歌わせたわけです。節付けも少し変えて、それで現在の形にしたんです。その三つをきっちりやって、それで奉納したわけです、遷座祭に。それ以来父親はずっと「秩父音頭」の普及に努めてきたんです。

いまは保存会の会長は弟です。親父が医者だったその後を継いでやってます。そんなことで、私の小学生時代から皆毎晩練習してましたから。だから「秩父音頭」の歌、七七七五です、「鳥もわたるか／あの山越えて／雲のさわたつ／奥秩父」って。だから七五調とか五七調というのが身にしみちゃってるわけですね。これは「土着のリズム」とぼくはいってるんだけれど。この土着のリズムが子供のころから身にしみちゃってたということがありますね、根っこには。

鶴見　そしてその踊りも身にしみたの。

金子　まあ、そうでございますね。私も踊りはわりあい好きなものですから。でも踊りの影響というのは、自分であんまり感じていません。これはお話を聞いているうちにあるかもしれんと思いましたけれども、そのリズムの影響は非常に……。だから現在、私を支えている表現、それは子供の時からの土着のリズムが体にしみてるという、これが大きいと思っています。

鶴見　すごいわねえ。

死なないから冒険するんじゃなくて、死なないからそれを守ろう、と。――兜太

金子　ええ。そのことが一つ。それからいま一つは、秩父ということですが、戦争中、私は、大きなしあわせ、四回、すぐ横の人が死んでるのに私は助かるという、そういうほんとに奇蹟に近いようなことが……。

鶴見　それは強運ね。

金子　ええ、強運なんです。その時、夜寝る、そうすると不思議に私の中にバアッと自分の育った秩父の山里がでてくるんです。

鶴見　はぁー。それがイメージ。

金子　ええ。どっかに光のようなものが感じられて、それがはじめの時はそれほど意識しなかったんですが、なんべんも命拾いして、ああと思って気づきだした。そうしたら母親が、ご承知の、千人針ってございましたでしょう、千人針を作ってくれまして、私が居たのはトラック島というところですが、それをお腹に巻いていたんですが、それに産土(うぶすな)の神を、椋(むく)神社といってますが、椋神社のお札を縫いこんでくれてたんです。その椋神社の神の加護というか、神護があると、こう思いだしました。それが私が産土というものを意識した最初だったんです。だから産土

によって守られているという気持ちがずっとあった。そして戻ってきて、自分の生活をつづけてきて、それで定年のころになって、いよいよこれから俳句に専念しようと思った時に、自分だけではなんとなく頼りない、心もとないなあ、そんな能力が自分にあるのかなあと思うような気持ちになったとき、またそこで何か椋神社の神護というのを感じました。戦争中、俺は思っていたと。だからおっしゃるように、俺は運が強い男だと、これを信用しようと。そう思って、それ以来、産土への関心というのを深めてきたんです。その二つですね、私が郷里ということでとっさに思い出すことは。リズムのしみてることと産土の力。強運だというのはいまでも思っていますね。

鶴見　だから落ちついていらっしゃるのね。

金子　そうなのかもしれませんね。

鶴見　それから、死なないから自分は細心の注意をして、死なないようにしなくちゃならない。それもあるのね。

金子　そうでございます。

鶴見　死なないから冒険するんじゃなくて、死なないからそれを守ろう、と。

金子　そうそう。そうですね。それはまさに……。私は昔からどんなことがあっても、破れかぶれでものをやるということを全くしない男です。

鶴見　もともと破れかぶれじゃないと。

金子　私はわりあい慎重に。だからどんな場面でも慎重にやってきました。故郷秩父というと、結局その二つかな。

鶴見　それが故郷意識ね。そしてイメージとして出てくる。それは遠くにいたからイメージとして出てくるのか、いまでもわりあいとその近くにいても出てくるの。

金子　出てきます。時々出てきます。とくに自分がちょっと困ったかなと思うようなときに出てきますね。

鶴見　やっぱり護り神が出てくるのよ。

金子　護り神なんです。そして若くして秩父に嫁に来て、百四まで生きて死んだ母親ですね、その母親の遺伝子というものを感ずる。ますますそうなってきた感じですね。

産土というのは充実感なのね。――和子

鶴見　それなんだなあ。あの俳句が人を打つのは。〈夏の山国母いて……〉、それが産土なのね。

金子　ええ、どうもそうなんです。

鶴見　〈……われを与太と言う〉。だから「われを与太と言う」のは、われを守って与太といってるんですね。

金子　そのとおり、ずばり。そのとおりです。その思いです。母親には愛されまして、不満感

熊楠が命をかけて守りたる神島（かしま）の海に灰を流さん　和子

なし。ないなあ。不思議にないんです、全く。

鶴見　私もそうなんです。私はもう一生かけても使いきれない愛を父からもらったと思ってるから、愛に飢えるということがないの。もう使いきれない。でも使いきって死にたい、そう思ってる。〈霧の村石投（ほう）らば父母散らん〉。父母が散るって、それもすごい故郷への思いですよね。

金子　ええ。若いころのね。まだ秩父の古さへの抵抗があったころだけれど。

鶴見　やっぱり満足感があるのよ。

金子　ありますね。

鶴見　充実感があるのよ。産土というのは充実感なのね。

金子　ええ、どうもそうです。

鶴見　それが土着なの。

金子　拠点ですね。つまり、そう、磁場がある。

鶴見　だからそこにいたという、自分をつなぎとめるところがあるのね。

金子　そうでございます。

藤原　お母様はずっと皆野におられたんですか。

金子　そうなんです。弟が医者なものですからね。父の家を継いで。母親は私を数えの十八、だから満十七で産んで、そこにずうっとです。だからいまでも秩父産土という思いで、ずっと自分の想念を秩父に馳せますね。そうするとこの前なんかも狼が出てくるわけです。日本狼です。生命力の固まりみたいな姿で出てくるわけです。映像が想像の中に出てくるんです。それであれはもう絶滅したと言われてるんですけれど、私の中ではまだ生存を信ずる気持ちがありまして。しかも秩父というのは、狼伝説の多いところなんです。私のいま大好きな秩父の山が両神山(りょうかみさん)といふうんですが、これは秩父の象徴だと思ってます。これは狼のことを竜神といったんです。ドラゴン・ゴッドですか。そこからきてるんじゃないかと、両神が。だからたくさん狼がいたと言われてる山です。

鶴見　それは山の神ですね。

金子　山の神なんです。

> ときに耕馬(モロッコ)を空に映して大地あり　兜太

鶴見　『遠野物語』みたい。

金子　ええ。さきほどの椋神社の守護神みたいな形で、よく出てきます。私の気持の中に。鳥居の両側にありますね。石像が。あれが狼なんです。

鶴見　ああ、あれが神様なのね。

金子　狼が守護神なんです。ヤマトタケルと狼の伝説なんか残ってますから。だからとにかく非常に狼がいたところなんで、それがどっか頭にあるんでしょうね。とにかく産土秩父を思うと狼が出てくる。そういうことがありまして、その時に〈おおかみに螢が一つ付いていた〉という句を作ったんです。

鶴見　それで「赤馬の鼻から……」。

金子　あれは一茶ですね。私はそういうところから狼が出てくるんですね。そうすると自分で満足するんです。なんか蛍も狼も命ですからね。互いに照応しまして、それで満足だと。

鶴見　命の交流ね。

金子　そんなことが時々あります。

私には根無し草という思いはまったくない。――兜太

鶴見　なるほどね。それが土着ということで、地域性ということはそういう……。具体的なシ

ンボルがあって、そこにいなくてもイメージとして心の中に湧き上がる。

金子 そうです。力づけてくれる。だからそれがない人というのは哀しいですよ。

鶴見 それがない人は哀しいの。私なんか哀しい。

金子 ええ、そうでしょうね。

鶴見 私は狼じゃない、狸（笑）。私には、狸が出てくるのよ。どうしてかというと、私が生まれたところは麻布狸穴町。だから狸がとっても好きなの。動物園に行っても狸を見るととってもうれしいの。ここは狸の親子連れが出てきますよって言われたの、診療所に入った時。でも毎日、出てくるというところをじっと見てたんだけれど、ニャーオンって猫が出てくるので（笑）、「猫ばかりなり」という歌を作ったわ。狸を見ようと思ってじっと見てると「猫ばかりなり」なの。だけど私は狸のイメージだな。狸穴町だから。狸の穴から生まれたの、私は（笑）。

金子 土着ですね。

鶴見 それが土着なのよ。

藤原 先生にとって秩父というのはものすごく大きいですね。

金子 大きいです。支えです。私の命を包んでくれているという、そういう思いがあります。

鶴見 だけど「故郷は遠くにありて思うもの」だから、イメージとして自分の中にあれば、それはいいことなのよね。

金子　そうです、そうです。

藤原　困民党の事件に関しては、小さいころにお祖父さんなんかからよく聞かされたんじゃないですか。

金子　そのことも書いておきましたが……。よく聞かされましてね。私の祖父に。祖父は額に傷がありました。それがうそかほんとかわからんのだけれど、困民党とわたりあって、斬られて、俺が昏倒した、その時の傷だ、と私によくいってました、自慢してました。ただ私の町で困民党は最後の決戦をして、壊滅するわけですね。だからその時にやったかもしれませんね。そんなことでよく聞いていました。ただ戦争が終わるまでは秩父暴徒でございますので、普通には話せなかったんです。現実にそういう状況がありました。なんとなく懐かしい思いというのがありますね、ずっと。

鶴見　それでそういう困民たち、貧農たちが出てきたところだから経済学をやって、経世済民をしようと思われたのね。

金子 そうです。貧困の問題がね、それと家族制度の問題と、二つです。そういうところからですね。

藤原 反骨精神というのもそのへんからですね。

金子 そうですね。完全にそうです。それから昨日申しあげたように、人間がみんな生き物のように見えてね。うろうろしてた。彼らはみんな、毎日ね。

鶴見 だからそういう意味でも産土が反骨を生んでるのね。

金子 ええ、反骨を生みだしたと同時に私には定着性というか、自分のほうが腰を下ろす場所を与えてもらっているという、その感じですね。つまり、私には根無し草という思いはまったくないということかな。

鶴見 いやあ、すごい。

金子 それははっきりあるんです。転勤で福島と神戸と長崎にちょうど十年間行きました。

萎えたるは萎えたるままに美しく歩み納めむこの花道を　和子

鶴見　ああ、長崎ですよね、あの爆心地の句は。

金子　いろいろ私の実りを得た時代で。それで神戸へ行った時は、ちょうど戦後俳句が盛り上がってた時期ですから。いわゆる関西前衛のね。その渦中にいました。

鶴見　じゃあ、銀行に勤めたこともプラスになってるわけね。

金子　結果的にはですね。

鶴見　それはご自分がプラスにされたのね。土着の産土をそこへ持ちこんだんだ。

金子　ええ。それもございます。それとやはり運がいいという感じがあります。

鶴見　運がいいのね。

金子　なにか転勤した先々の土地がみんな栄養になっていますからね。

鶴見　死人の骨から気をもらうというのも。みんなマイナスをプラスにしちゃうのね。

金子　はい。だからどうも私は強運だと思いますね。運が強いと思います。いい人に会ってますから、いい人間に会えたのもそういうところですから。このたびは鶴見さんにも会えちゃった。最強の幸運ね。

鶴見　おそれいります。こんな偉い方に……。

黒田　全然くじけない方に会えちゃった（笑）。

鶴見　いや、私は変な人だと自分をほんとに思っているの。
金子　それと私の場合、女性であっと思った人たちというのは、勤め先の組合のことをやってたときです。女性で活躍してる人がいました。その中で非常にすばらしい人と会えたんです。その人以外に、私は文芸の世界で、私より年上の人で、あるいは同世代で、本当にすばらしいという人々には会ってないですね。
鶴見　銀行に勤めていた人で石垣りんさん。
金子　そうそう、いまそれを言おうと思った。
鶴見　職場同じ？　日本銀行？
金子　いいえ、あの人は日本興業銀行。
鶴見　あっ、違ったわね。
金子　違うんですが、あの人も組合関係がありまして。あの人は小学校を出てすぐ銀行に入って、ほんとに見習いでやってきた人ですから。
鶴見　あの人もすごい人ね。最近亡くなったの。
金子　すばらしい人です。あの人との出会いが銀行の組合関係でありまして、わりあいに接触したんですが、あれぐらいですね、俳人は別ですよ、ジャンルの別なところとなると、だから鶴見さんが二度目かな。石垣りんさんの次にお目にかかった魅力的な人ですね、正直に言って。私はわりあいに女性にはそういう出会いに恵まれてないんです（笑）。

鶴見　あんなことといってるわ。まずお母様と金子皆子様。

金子　まあまあ、これは恵まれる恵まれないの範疇を越えてますからね。恵まれる恵まれないじゃなくて、必然的に結びついちゃってますから。

鶴見　だけど恵まれてるわよ。だって金子さんの思いどおりを作品に具現して、肉体化していらっしゃるんだから。皆子夫人は。

金子　そうおっしゃっていただくのはありがたいですけれども、彼女は私の弟子だと思ってませんからね。

鶴見　ああ、そう思ってない、自立していらっしゃるからそれもすばらしい。

金子　私はあなたと別よ、といってますから。

鶴見　だから偉いのよ、あの方は。

金子　偉いですね。

鶴見　私、ほんとにすごいと思ったわ。この句集『花恋』がなかったら、私には俳句と命は結びつかない。これによって俳句と命が結びついたのよ。

金子　それはそうです。

俳句大会で輝いているのは女性と子供と年寄りで、そして病気かあるいは障害者が入っている。それが輝いている。——和子

鶴見 だから私はテレビの俳句大会を見て驚いたの。この日本の社会では、男であること、壮年期であること、壮健である、健常者であること、それが中心だと思われているの。あとは周辺なのよ。ところが俳句大会で輝いているのは女性と子供と年寄りで、そして病気かあるいは障害者が入っている。それが輝いているという、もうひとつの世界を俳句が形成してるということに大変に驚いたの。

金子 ああー。なるほど。

鶴見 私も障害者ですからね。障害者で、女で、そして年寄りですから、三重苦なんです。それが歌を作っていることによって自分の命が輝いている。それとちょうど対応したのよ。この世で輝いていないものが、番組という俳句の世界で輝いている。これは一体何だろうと。それが俳句が普及していく一つのきっかけではないのか。そういう流れを金子さんが戦後お作りになったのよ。だって戦後のことでしょう、俳句がこんなに盛んになったのは。

金子 そうです、そうです。

鶴見 もとは短歌ですよ。そう。女性は短歌でしたからね。

金子　まあ、女性の参加が増えたということへの、おぼろげな影響力というのはあるかもしれませんね、私にも。女性や子どもをどんどん自由に受けいれましたからね。

鶴見　だって中年の男で、健常者で、俳句の社会でなくて普通の社会で輝いている。そういう人は少ないでしょう。

金子　うん。

鶴見　定年後になって輝くのよ、そういう人は。老人になって、社会から疎外されて。私、それもあると思うな、俳句の魅力って。そういう人たちの支えになるのよ。

金子　確かにありますね。それも。

鶴見　そう。俳句では老人でも輝ける。

金子　そういうよき老年ですね。年輪が生きるということ。

鶴見　日本文化は年輪が生きるのよ。ダンスは年輪はだめ。三十になったらバレエはできないの、舞台には上がらないの。三十を過ぎたら自分は指導者になるの、教師になるの。それか、自分が曲を書いて振付をするの。それはできるのよ。けれどもバレエの前線に出て、舞台にはもう出られない。だいたい欧米の文化というのは若年文化ね。日本は老年になるほど輝いてくるの。踊りだってそうですもの。井上八千代、武原はん、体が動かなくなってから彼女は輝いたの。そのいちばんすばらしいのが武原はんよ。

金子　わかる、わかる。
鶴見　そういう文化なのね。
金子　そうですね。それもまたすばらしいことだな。

命とつながっているというところが、踊りでも、俳句でも、短歌でも、日本の文化の強みだと思う。――和子

鶴見　つまり山姥よ。だから私、山姥が好きなの。お能の中では卒都婆になった小町が艶（つや）をだすというのよ。それがすごいのよ。色艶が深まるというのよ。
金子　「姥捨」というやつがありましたね。あれがそうですね。いっぺん捨てられた老婆が遊女になって月に舞うんですね。あれはすばらしいね。ほんとの艶を感ずるんだな。
鶴見　ひとがそこに艶を感じるのよ。それがすごい。艶消しで本物の艶がでるの。
金子　どうなんですか。欧米型の若年の文化というのはもろいんじゃないですか。
鶴見　もろいわよ。だってそこで終わっちゃうんですもの。人生はそこで終わらないのに、そこでその人の舞台は終わるのよ。で、退去しちゃうのよ。そうしたら積み重ねができないじゃないの。
金子　できませんよね。

鶴見　日本の邦楽の人たちはすごいですよ、老女でも声が出るし、芸が出るのよ。

金子　人間国宝になっちゃうわけだからな。

鶴見　だから芸というものですよね。

金子　すごい。そうそう、芸の力は大きいんじゃないかな、確かに。型ですな。

鶴見　だから型よ。型が支えになるのよ。

金子　そうですね。

鶴見　それで自分がたとえ型を破っても、新しい型を自分がつくるんだから。私は武原はんというのはすごくおもしろいと思う。

金子　そうでございますか。

鶴見　井上八千代さんはおもしろいけれど、もともとほんとに艶を消してやってた人なの、井上流というのは。艶を出してはいけない、これは祇園なんだから艶をまっすぐに出したらだめって。艶を出さないでやって完成したんだけれど、武原はんは、私はきれいでしょうってやってた人が、ある一定の年齢になったらぽんと飛び越えたのよ。艶を消したのよ。そしてまったく新しい芸をつくったの。彼女はすごいわ。

金子　それはすごいな。

鶴見　武原はん。文章も書いてるし俳句も書いてる。あの人の一生はおもしろいわね。お経を毎日写してたの。

金子　ようできるな。うーん。

鶴見　それを一番よく理解したのは渡辺保。渡辺保の「武原はん論」はすばらしい。だから日本の文化というのは、考えてみるとほんとにおもしろいのよ。

金子　おもしろい文化ですねえ。

鶴見　命とつながってるのよ。

金子　そういうことだな。

鶴見　私、命とつながっているというところが、踊りでも、俳句でも、短歌でも、それが日本の文化の強みだと思う。で、それがアニミズムなのよ。

金子　そうだ。その通りだ。

鶴見　そこにずっと流れてるのよ。

金子　ぴったりだ。アニミズムの文化だ。

やっぱり肉体だな。在地の肉体だな。――兜太

鶴見　それを金子さんは自分で体現していらっしゃるのよ。まだ年を取らないのに。

金子　いえいえ、もう年ですよ。

鶴見　とは思ってないでしょう。自覚してないわよ（笑）。

金子　口でいうほど思ってない。検査してもらったら六十代後半ということです、肉体は。

鶴見　六十代じゃなくて、十代よ（笑）。そうだ、そうだ。『少年』だ。第一句集の『少年』。

金子　少年が好きだということですね、いまでも。

鶴見　それからずっと少年で大きくなっちゃった。大きくなった少年よ。

金子　まあ、そういうことですね。それは女房や母親からよく言われてました。おまえはいつまでも少年だよって。

鶴見　ほんとよ。男はやっぱりいつまでも少年ぽいんだな。

金子　そうですかな。私は半分叱られてるというか、軽蔑されてる言葉だと思ってた。そうでもなさそうなんだな。いまの話を伺うと。

鶴見　だから私、日本文化とアニミズムというのはつまり、日本文化と生命、それはどうしてかというと、さっきおっしゃったように、いのちは自然とつながってるのよ。

金子　だと思いますね。

鶴見　自然はもっともおおいなる生命体なんだから。生命体を母胎として日本文化は生まれてるの。欧米文化は生命が主体じゃないのよ。デカルトのように頭が母胎なのよ。

金子　そうですね。そのとおりだ。体じゃないんだ。

鶴見 体じゃなくて頭なのよ。

金子 うん、俺は体じゃなくて肉体、肉体といってるんだ。

鶴見 肉体派なの。

金子 思想の肉体化が……。ともかく俺は肉体です。

鶴見 いや、南方熊楠がそれなの。あの人が書いたものは、そういうことはいっぱい書かれているの。それが南方と柳田との論争点で、柳田がけっして受けいれなかったところ。

金子 ほうー。

鶴見 ところが実際の行動においては南方は非常に清潔なの。そして柳田は南方から見れば非常に腹立たしい行為を行っているの。

金子 そういうものでしょうね。

鶴見 そこが違うのよ。

金子 口でいうやつというのはそうなんだ。案外清潔なんだ（笑）。

鶴見 そうなの。つまり生命に根ざした学問をしたのよ。私、そういうことだと思うわ。

金子 うん、そうだよ。その魅力ですよ。

鶴見 私、どうして南方が古代インドの思想である曼陀羅と近代科学の先端であるエコロジーを自分の理論と行動において結びつけたか。これが私の謎解きなの、最後の謎解き。そこを理論的にちゃんと解明して書きたい。そういうことでございます。

金子 それは南方のヨーロッパ体験というのが大きいんじゃないですか。ヨーロッパで勉強したということが。

鶴見 ヨーロッパ体験は大きいけれど、その時のイギリス文化というのはヨーロッパの華だった、まさに中心だったわけよ。イギリスの自然科学が中心だったわけよ。そこに乗りこんでいって、全然それに圧倒されなかったのよ、彼は。

金子 そこがすごいと思うな。

鶴見 そしてさらにそれを乗り越えて、それよりもっと大きなものをつくったの。それが二十世紀になって花開いて、量子力学とかいろんな新しい学問ができてきたの。そこがすごいじゃない。

金子 そうだ。ヨーロッパの学問体系も消化しちゃったということですね。南方はそれができたということだ。すごいことだ。

鶴見 自分の中に入れて、それを古代アジアの思想でぐるぐる巻きにして、そしてポンと自分の創造を懐から出したんですよ。

金子 それがすごいところだな。

鶴見 そういうことやった人なんていないわよ、いま。

金子 鶴見さん、南方がもしヨーロッパへ行ってなかったら、いまのような学問体系はできなかったんじゃないですか。

鶴見　できない、できない。つまり格闘技なのよ。しかも暴力をもって戦うんじゃなくて、南方はその思想でもって、知力をもって戦ったのよ。そして最後にそれを実践して、神社合祀反対運動をやったの。

金子　うん、だからそこまできたというのがすごいなあ。偉いよ。

鶴見　そこまできたのよ。

金子　日本の画家なんかでも向こうのものを消化して帰ってきて、自分のものを作ったという人は少ないでしょう。ほとんどが向こうの影響を受けて、そのまま。日本人のヨーロッパ体験というのはね。どうもね。

鶴見　つまり、それが彼の産土なのよ。彼はヨーロッパへ行って、南方曼陀羅ということを考えた時には、まだ経文を全部読んでないのよ。のちに田辺に定住してはじめて経文を全部写しとったのよ、お寺から借りてきて。だからまだ読んでないのにどうしてそうなったかというの。それが産土の力なのよ。和歌山で子供の時からお父さんやお母さん、近所のおじさんたち、そういうのがみんな子供の教育をしてたのよ、昔は。寺子屋じゃなくて、ただお話をしてやってたのよ、仏教説法を。

金子　ああ。分るなあ。

鶴見　それが密教。真言密教です。大日如来ですよ。だから和歌山でしょう。そして高野山管長にもなった土岐法竜と結びついたの。ですからここでも産土がやっぱりものをいったんですよ。

金子　そうでしょうね。

鶴見　近代科学の先端とそれをぶつけあったのよ。こんな壮大な知的闘争ってないでしょう。

金子　向こうで勉強してる時も反発感があったわけですな、彼の体が。そういうものがあるんだな、確かに。

鶴見　〈百日紅の紅何と戦う〉ですよ。皆子さんにおっしゃってください。この句は南方のしたことに匹敵しますと。それを表現していると。そうおっしゃってください。

金子　やっぱり肉体だな。在地の肉体だな。

鶴見　それをどうにかして私、ワクワクするような言葉で書きたいの。そのなんだかわからないような専門用語ばっかりの論文じゃなくて、誰にも分る、ワクワクするような言葉で書きたい。

金子　それを望みますね。

鶴見　歌でも書きたいな。

金子　うん、うん。いや、それを望みますよ。さっき、冒頭にもそれを申し上げたつもりなんだけれど、もっともっと広く一般に南方を知らせてほしいですよ。

鶴見　でも私の文庫本はいまでも生きているんです。

金子　その著作はもちろん生きているんですけれども。さらにひろげていただきたいと。うん、思いきってさっきの俳句のレベルでいいですよ。

鶴見　そう。だから皆子さんの『花恋』みたいな形で、連歌じゃないけれど歌の連作、ああいうような形で、南方熊楠という歌をいままでいくつか作ってますけれども、それをもっとちゃんと書いていきたいですね。ああいうような調子で物語風に書きたい。でもねえ、いままで南方熊楠という本はいっぱい出てるの。でも奇人変人扱い。そういうのはいっぱい出てます。そういうのといっしょにされると困るのよ。

金子　そうです、そこですよ。誰にも分る正統な南方熊楠論を。

鶴見　だからどういう形で、ということを考えるの。

金子　それをやってください。

鶴見　いや、でももう力尽きました（笑）。

金子　全然矛盾するな、それは（笑）。さっきまでの話ですよ。がんばって下さい。

■縁(えにし)の糸がみえてくる。つぎつぎに……。

藤原　いや、皆さんいま発見しました。今回、鶴見和子と金子兜太が出会ったということは、これは黒田さんが仕組んだけれども、必然性があったなと思います。金子さん、旧制水戸高時代から敬愛される出沢珊太郎（でざわさんたろう）。出沢珊太郎というのは星新一の異母兄弟。星新一のお父さんは、星製薬の星一（ほしはじめ）。星一は後藤新平のところに毎日通っていたんです。

金子　あー。

藤原　だから和子先生は昔からよく知ってる。

鶴見　私は「星ちゃんは私に会いに来るのよ」って豪語してたの。だってうちに毎日来るんだもの。

金子　あー、これは大発見だな。すごい縁（えにし）だ。

鶴見　それで後藤家は、なんか病気すると星製薬の薬ばっかり飲ませたの。星チャーコール錠ってご存じ？

金子　知ってる、知ってる。

鶴見　あれをね、お腹が悪くなると、星チャーコール錠を飲ますの。

金子　ええ、なじんでいましたからね。

鶴見　だからいつでも星さんはうちにいたの。

金子　ほー。それは大発見ですな。すごい。すごい。出沢珊太郎という人物がいたから、私は俳句に入ったんです。彼に誘われてね。その出沢珊太郎が、正確にいえば星一の妾の子です。それで正妻の子は星新一なんです。彼が正統な子供なんです。

鶴見　製薬会社の子ね。

金子　それで出沢は赤坂の芸者さんにできた子ですから。自由人でね。私を俳句に引きこんだ。水戸の高等学校で一年先輩でございまして、彼との出会いがなければ、私は一生俳句をやらなかったかもしれないんです。私の母は俳句だけはやるなと常に言ってましたから。

藤原　おふたりはそれほど近かった。ゆくりなくもつながっておられたということですよ。

鶴見　人脈がつながっている。

金子　驚いた。これは俺にとっても大発見。びっくりだ。

藤原　その星新一が、後藤新平についてけっこう長い文章を書いてますから。

金子　あれ、そう。じゃあ、読んでみよう。

藤原　『明治の人物誌』という、新潮文庫かなんかの文庫に入ってます。

金子　新一と出沢はお母さんが違うけれどとてもよく似てた。それからその新一のことを書こうとして、この前、最相葉月という女性が私のところへ訪ねてきた。新一のことをさかんに書いて、生命科学のことを書いている。彼女が星新一の兄さんに出沢という俳人がいたということを聞いたからってわざわざやってきた。それでいま彼の句集を貸してある。結局、私は出沢の自由人ぶりに惚れた。憧れた。そして今に至っている。

鶴見 自由人というのは、それはつまり遊び人のことね。

金子 まあ、それもあります。

鶴見 私、遊び人が好きなの（笑）。

金子 出沢は鶴見さん、気にいられますね。飲んべえで助平で大変な野郎でした。うん。俺はあこがれましたね、彼に。そして句会について行った。

鶴見 そこで兜太第一作。〈白梅や老子無心の旅に住む〉。ああいう出発というのは、またすごいわね。第一作に、定住漂泊というものがすでにまるごと入ってるのよ。

金子 ええ。自由人とか漂泊とか、好きだったものですからね。憧れですね。

鶴見 「無心」。

金子 無心も、旅も好きだった。

鶴見 無心はいいわね。

金子 藤原さん、よく気づきましたね。大発見だ。

鶴見 よき歴史家なの、彼は。

藤原　偶然に。いまね、黒田さんの『証言・昭和の俳句』の金子さんのところを読んでいて発見したんです。

金子　しかし、新平さんのところへ、何でですか、彼が通ったというのは、弟子としてですか。

藤原　弟子じゃないですよ。つまり星一は、後藤新平が台湾の民政長官だった時代にかわいがってもらいまして、それで星製薬は大きくなったわけですよ。

金子　本当はここからが実はきょうの対談のはじまりだったんだよ。面白い。縁だなあ。

縁（えにし）なる哉

金子兜太

鶴見和子さんとの対談などということは、まったく想像もできなかったことなので、これが実現した喜び——そして言いしれぬ満足感——のなかで、人の縁（えにし）の不思議さ有難さを、それこそ今更のように噛みしめている。

この縁を結んでくれたのは黒田杏子（ももこ）というすぐれた俳人である。この人と私との縁は深く、いっしょに俳句歳時記を作ったこともある。朝日カルチャーセンターで毎年開催する「兜太・杏子の公開一日集中俳句教室」などは、すでに十五年続いている。ついこのあいだ『証言・昭和の俳句』（角川書店）に引っ張り出されて彼女から質問攻めに合った。彼女自ら『金子兜太養生訓』（白水社）という快著を書いてもいる。私は親しみのあまり、「黒杏（くろもも）さん」とか「杏（もも）やん」などと呼ぶことも多い。

この人から鶴見和子さんと対談しないか、と勧められたとき、直ちにその気になったのも、そうした日頃の縁があるからで、それまで鶴見和子さんに対して持っていた私の敬して遠ざかるの気分が、嘘のようにすっとんでいたのである。しかも黒杏の勘は鋭い。

その私の日頃の気分を見抜いていて、御病気と闘病生活のなかで、和子さんは一と廻りも二タ廻りも大きくなっていますよ、最近の著書を読んでみて下さい、ともいう。

さっそく読む。多田富雄氏との往復書簡『邂逅』に感銘し、佐佐木幸綱氏との『「われ」の発見』にひどく親近感を覚える。「コレクション鶴見和子曼荼羅」のなかでもとくに『華の巻』に惹かれた。『おどりは人生』にわが意を得る。南方熊楠への傾倒に共感。歌集『回生』『花道』の熱さよ。この人にはお目にかからなければならない、とまで思っていた。

そう思うようになって、癌との闘病九年におよぶ妻金子皆子の句集『花恋』をお送りしたところ、大いに感銘しておられると黒杏さんからの話。私は黒杏さんに連れられて、ケアハウス宇治の「ゆうゆうの里」に足どり軽く参上した次第である。

縁といえば、青年期、父君祐輔氏の著書に接して、「自由人」への憬れを抱いたことを思い出していた。藤原社長が、秩父事件研究の集大成者井上幸治先生から私のことを聞いていたこと、私を俳句の擒(とりこ)にしてしまった先輩出沢珊太郎の父君星一と後藤新平との関係を承知していたことなどもある。ああ縁は異なもの味なもの。妹さんの内山章子さんお世話さま。編集の刈屋琢さん御苦労さま。

二〇〇六年四月三十日

「快談」のあとに

鶴見和子

俳句について無知蒙昧であったわたしに、俳句への関心を誘い出して下さったのは、黒田杏子さんでした。五年前に、はじめてわたしの今住んでいる宇治の里においで下さってから、全国を旅されてゆく先々のおいしいものを贈って下さり、ご著書もつぎつぎにお送り下さり、またNHKの「俳句大会」の選者としてのおことばをうかがっているうちに、だんだん俳句に興味をもつようになったのです。そこで、ある時、「短歌と俳句は短詩定型でありながら、どこが違って、どこが共通しているのでしょうか、教えていただきたいので、対談をして下さいませんか」と、わたしは長い間気になっていたことをきりだしてみました。

黒田さんは「それなら、いい方がいらっしゃる」とおっしゃいました。そして金子兜太先生を説得して、日程までとりきめて下さいました。わたしは驚き恐れましたが、もう間に合いません。

金子先生は『金子兜太集』全四巻を、そして黒田杏子さんは、金子先生の講演記録その他の参考文献をお送り下さいました。わたしはこれらのご本や文献を一所懸命に読んで、その日にそなえました。

天才米寿「少年」金子兜太師を秩父の山奥から宇治の山姥の庵に、黒田杏子さんが御案内下さったのは、二〇〇五年二月二十二日のまだ底冷えのする頃でした。

第一日目は、作者が兜太師の奥さまということを知らないで読みはじめて、感動した『花恋』(この句集にはどこにも兜太夫人とは記されていませんでした。俳人ならどなたもご承知なのに、わたしはそのことを知らず、よみすすめるうちに感知したのです)の病者としての感想から入りました。

第二日目の「金子兜太俳句塾」は圧巻でした。俳句の歴史から始まって、とくに季語についての金子師の解釈はわたしの心をうちました。季語とは面倒な形式だと思っていたわたしの蒙を啓いて下さいました。人と自然とを結びつけることばが季語だと知ったとき、そして季語をとおして人と自然が「ふたりごころ」をもって語りあえるのだと知ったとき、わたしは、俳句を、そして季語を、これから学んで、歌の中にとりこませていただきたいという気持になりました。

短歌がアニミズムの上に成りたっている以上に、俳句はより強くアニミズムとむすびついていることに気がついたのです。

立役者金子兜太師は、ほのぼのとした余韻を残して帰られました。俳句そのもののような方だなぁと思います。

この「快談」より半年後に、兜太師はスウェーデンの「チカダ賞」を受賞されました。この「快談」で言われた俳句の普遍性が実証されたのです。

おめでとうございます。心からお祝い申し上げます。

そして二〇〇六年三月二日、皆子様が永眠されました。心からおくやみ申し上げます。皆子さまが『花恋』をこの世に遺して下さったことを感謝申し上げます。

また兜太師が、これからも長く皆子さまと「ふたりごころ」をおつづけになることを念じております。

わたしも『花恋』を座右において、この世ではお目にかかれなかった皆子さまと「ふたりごころ」をかよわせていただきたいと願っております。

「花恋」の人花を待ち昇天す夫の一声耳に残して

この「快談」を企画し、立役者をご案内下さり、「黒子」に徹して舞台まわしをして下さり、タテとワキになりかわって公演記録を整理編集して下さった、黒田杏子さんに深い感謝を捧げます。

この「快談」の舞台に積極的に参加し、これを出版して江湖に送り出して下さった藤原書店の社長藤原良雄さんに深謝いたします。そして、最後に、秩父の天才米寿少年金子師と宇治の山姥との縁の糸を、星薬師如来を仲立ちとしてたぐりよせて下さった藤原さんの台詞は、この快（怪？）談にふさわしい花をそえて下さいました。

この公演のテープ起こしとレイアウトをして下さった刈屋琢さんに、心からお礼を申し上げます。

人間は生きているかぎり、新しい出会いがあり、新しい世界がひらかれると確信して、生きぬく元気が出ました。

皆さまありがとうございました。

二〇〇六年三月二十三日

鶴見和子（つるみ・かずこ）

一九一八年生まれ。上智大学名誉教授。専攻・比較社会学。一九三九年津田英学塾卒業後、四一年ヴァッサー大学哲学修士号取得。六六年プリンストン大学社会学博士号を取得。論文名*Social Change and the Individual: Japan before and after Defeat in World War II* (Princeton Univ. Press, 1970)。六九年より上智大学外国語学部教授、同大学国際関係研究所員（八二―八四年、同所長）。九五年南方熊楠賞受賞。九九年度朝日賞受賞。十五歳より佐佐木信綱門下で短歌を学び、花柳徳太郎のもとで踊りを習う（二十歳で花柳徳和子を名取り）。一九九五年十二月二十四日、自宅にて脳出血に倒れ、左片麻痺となる。二〇〇六年歿。

著書に『コレクション　鶴見和子曼荼羅』（全九巻）『歌集　回生』『歌集　花道』『南方熊楠・萃点の思想』『鶴見和子・対話まんだら』『「対話」の文化』『いのちを纏う』（以上、藤原書店）など多数。二〇〇一年九月には、その生涯と思想を再現した映像作品『回生　鶴見和子の遺言』を藤原書店から刊行。

金子兜太（かねこ・とうた）

一九一九年生まれ。俳人の父、金子伊昔紅の影響で早くから俳句に親しむ。三七年、旧制水戸高校に入学し、十九歳のとき、高校の先輩、出沢珊太郎の影響で作句を開始、竹下しづの女の『成層圏』に参加。加藤楸邨、中村草田男に私淑。加藤楸邨に師事。東京帝大経済学部卒業後、日本銀行に入行するが応召し出征。トラック島で終戦を迎え、米軍捕虜になったのち四六年帰国。四七年、日銀復職。五五年の戦後第一句集『少年』で翌年、現代俳句協会賞受賞。関西同世代俳人と交わるうち、その活気のなかで俳句専念に踏切る。六二年に同人誌『海程』を創刊し、後に主宰となる。七四年日銀退職。八三年、現代俳句協会会長（二〇〇〇年より名誉会長）。八六年より朝日俳壇選者。八八年紫綬褒章受章。九七年NHK放送文化賞、二〇〇三年日本芸術院賞。二〇〇五年チカダ賞（スウェーデン）を受賞。日本芸術院会員。著書に、句集『蜿蜿』（三青社）『皆之』『両神』（日本詩歌文学館賞。以上、立風書房）『東国抄』（蛇笏賞。花神社）のほか、『金子兜太選集』四巻（筑摩書房）がある。

この快談は、二〇〇五年二月二十二日、二十三日の二日間、鶴見和子が住む、「京都ゆうゆうの里」にて行なわれた。

米寿快談（べいじゅかいだん）　俳句（はいく）・短歌（たんか）・いのち

2006年5月30日　初版第1刷発行©
2006年9月30日　初版第3刷発行

著　者　金子兜太
　　　　鶴見和子
発行者　藤原良雄
発行所　株式会社 藤原書店
〒162-0041　東京都新宿区早稲田鶴巻町523
電　話　03（5272）0301
FAX　03（5272）0450
振　替　00160-4-17013
印刷・製本　図書印刷

Printed in Japan
ISBN4-89434-514-5

1989年11月創立 1990年4月創刊

月刊
機
2006
8
No. 174

発行所　株式会社 藤原書店 ©
〒一六二－〇〇四一 東京都新宿区早稲田鶴巻町五二三
電話 〇三・五二七二・〇三〇一（代）
FAX 〇三・五二七二・〇四五〇
◎本冊子表示の価格は消費税込の価格です。
編集兼発行人
藤原良雄
頒価 100 円

一九九五年二月二七日第三種郵便物認可　二〇〇六年八月一五日発行（毎月一回一五日発行）

「少子高齢化／人口減少型社会」到来の行く末は？

〈鼎談〉「人口問題」を問い直す

速水　融（歴史家）
宇江佐真理（作家）
片山善博（鳥取県知事）

全国紙の社説が一斉に「少子高齢化／人口減少型社会」への危惧を論じ幕を明けた二〇〇六年。だが、表層的な焦燥感に基づく政策が、本当に将来を見通したものになるのだろうか。

今月刊行の学芸総合誌・季刊『環』夏号〈特集・「人口問題」再考〉では、人口変動を歴史の中で総合的に認識する「歴史人口学 Demography」を基軸に、この数百年の日本社会を読み直す中で、来るべき新しい社会に向き合うための手がかりとしたい。

編集部

● 八月号　目次 ●

『環』26号〈特集・「人口問題」再考〉、今月刊！
〈鼎談〉「人口問題」を問い直す　速水融＋宇江佐真理＋片山善博　1

『ハルビンの詩がきこえる』、今月刊！
ロシア人の街、ハルビン　加藤登紀子　6

リレー連載・今、なぜ後藤新平か 12
構想力が求められる時代　岩見隆夫　8
リレー連載・いのちの叫び 91
生命誌はイワンを支持　中村桂子　10
リレー連載・いま「アジア」を観る 44
「アジア」はあるか　高銀　11
連載・『ル・モンド』紙から世界を読む 42
アフリカの中国化？　加藤晴久　12
連載・triple∞vision 63
手綱もなく、拍車もなく　吉増剛造　13
連載・帰林閑話 141
国と政府　一海知義　14
連載・GATI 79
大地母神を暗示する聖ジョージ　久田博幸　15

「シンポジウム『いのちを纏う』」報告・「DVD『海霊の宮』上映と講演の夕べ」報告／7・9月刊案内／読者の声・書評日誌／刊行案内・書店様へ／告知・出版随想

「今だからこそできる」政策を

▲宇江佐真理氏

宇江佐　「少子高齢化」というのは、もともとセットで語られていますが、「少子化」と「高齢化」は、切り離して考えるべきですね。政府の言っていることには、子供を増やして、その子供を早く大きくして税金をとって老人を養おうという、いかにも浅ましい考えが見える。

少子化現象というのを最初に感じたのは、長男が小学校に入学する時でした。クラスが二つしかなかったんですね。私も同じ小学校を卒業しているのですが、私のときは十クラスもありました。その後十年も経たないうちに今度はクラスは一つになってしまいました。こうなると、いずれ近くの小学校と統合される。しかしこれは悪いことばかりではないと思います。子供の数が多ければ、切磋琢磨する気持ちが強くなって、そこから新しい才能や新しい発想が芽生えることも事実だと思います。今は子供の数が少ないのですから、逆に行き届いた教育ができるチャンスなんですね。切磋琢磨が望めなくても「今だからこそできる」ということをもう少し考えてもらいたいと思います。

メディアでは「少子化、少子化」とばかり言っていますが、子供を産む、産まないというのは個人の意思の問題です。子育てに忙殺されて気がついたら歳をとっていた、というような人生を今の女性は決して望んでいない。余裕を持って子育てをして、なおかつ手がかからなくなったら自分の時間を持ちたいと考えています。子供の数をふやそうと政府が躍起になっても、出産可能な年齢の女性たちがそれを望まなければどうしようもない。

少子化の数値は、最低値を更新し続けているわけですが、ついには子供がいなくなるというところまでは至らないはずです。世の中の景気と同じで、山あり谷あり、ですから。今は、むしろ子供が少ないからこそできる政策を政府や地方自治体に期待したいと考えております。

生活を楽しむ社会へ

片山　日本の人口問題というのは、これまで常に、人口の過剰をどう解決していくかという問題だったはずです。歴史を眺めれば、今日、一億二千万人を超えた人口が少し減るだけで大騒ぎするというのはおかしいのではないでしょうか。

過剰な人口を養うには、生産力を向上させ、経済成長しなければいけない。だからこそ日本は国是として会社人間型社会になった。生活を楽しむよりも生産を重視ということです。知らず知らずそう教育もなされてきた。そうして生活を楽しまず、会社や仕事を優先する社会になってしまったわけです。

▲片山善博氏

子供が産まれるというのは、一家にとっては一大事です。しかし男性が育児休暇を取るなどとんでもないという風潮です。これは異常なことだと思いますが、こういう状況であれば、子供を産まなくなるのも当然です。最近ようやく、会社中心ではなく、家庭や地域で男性こそもっと役割を果たしましょうと、少しずつ機運が変わってきました。こういう動きも、ある種必然です。

ただ、当面は少子化と同時に高齢化が進みます。全体の人口に占める労働人口の割合が減り、高齢者が増える。そうなると、能力が少しずつ衰えてくる高齢者にも応分の労働や社会の中での役割を果たしてもらわなければならない。これは高齢者だけでなく、障害者の方についても同様です。個性や能力に応じて、多様な働き方ができ、所得が得られるような社会にしなければならない。

日本が少し不幸だったのは、会社人間中心の社会が変わらないうちに、男女共同参画が進んでしまったことです。女性が仕事を存分にできるようになっても生活を楽しめない。そこが歪（いびつ）な構造になっている。同時に男性も、男女共同参画として家庭の中で役割を果たしていかなければならない。社会の中での男女共同参画は進んでも、家庭や地域での男女共同参画が進んでいない。後者の男女共同参画も進めて、生活の質を高め、生活を楽しめるような社会にしていくことこそ、長い目で見た場合、人口問題、少子化問題などと言われている問題を解決に導くことになるのではないかと思います。

急速な出生率低下の代償

速水　人口が増えるということは、そこで何かが起こることを意味します。人口減少でも同様です。それについて何が予測できるか。日本の人口が減少とまではいかないけれどもほぼ停滞し、短期的には減少したのは江戸時代後半。あのような江戸の文化は、人口が一定、領土も一定という状況で花開いた文化です。そういう意味からも、人口が減ることを心配する必要はない、むしろ減るべきであるというのが私の立場です。とは言っても、人口減少の局面で必ず生じるのが老齢化の問題です。どんな状態になろうが、人には人権があります。これはよほどうまくやらないと対応できない大問題です。いずれにせよ、超長寿社会がやがて到来してきます。

そうした高齢化と同時に少子化が進んでいるところで、いろいろと問題が生じてくるのですが、日本の場合、とくに問題なのは、その少子化のスピードです。

合計特殊出生率（TFR）という指標があります。これは一人の女性が生涯何人の子供を産むかという指標ですが、現在の日本では、これは一・二五になっています。日本はもともと二以上あったのが、急に二を切り、一・二五まで低下していきました。この減少のカーブが急だと、その分、高齢者の割合が一気に増大するわけです。このカーブが比較的緩やかであれば、政府や地方自治体にとっても高齢化対策が比較的立てやすい。日本ではその落ち方が急激であるため、対応も難しくなっています。日本の少子高齢化の問題は、合計特殊出生率の低下が急速であることの代償であるわけです。

日本でなすべき対応としては、人口減少化をきちんと前提とした政策が立てられるべきだと思います。その際に踏まえるべきは、人口減少と言っても、全国で一様に減少するわけではない、ということです。全体での減少と同時に、むしろ一極集中が生じるのです。例えば東京の人口は減っていません。それに対し、四十七の都道府県のうち、約半分は人口減少県です。こうした一極集中の動きを、何とか政策の力で食い止められないものでしょうか。そうでないと地方がもう空洞化してしまいます。

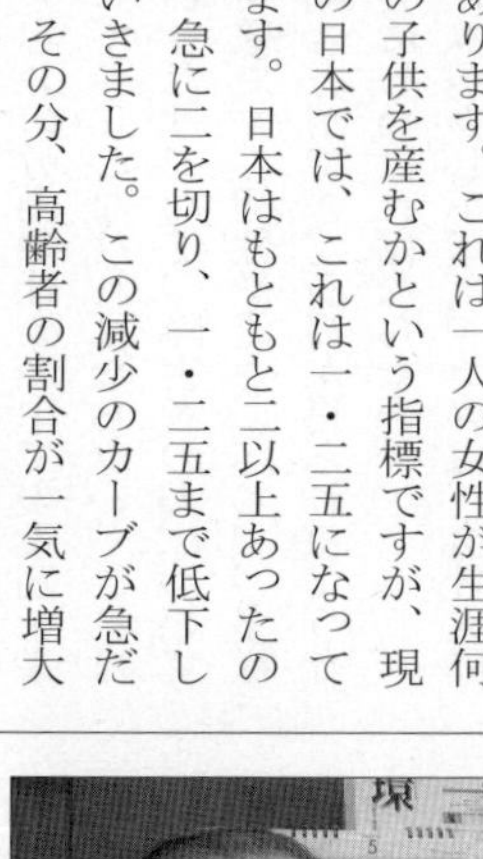

▲速水融氏

（構成・編集部）

（うえざ・まり／作家）
（かたやま・よしひろ／鳥取県知事）
（はやみ・あきら／歴史人口学者）

※全文は『環』26号〈特集・「人口問題」再考〉に掲載

日本の「少子高齢化／人口減少型社会」の行く末とは？

学芸総合誌・季刊

環【歴史・環境・文明】

2006年夏号 vol. 26

KAN : History, Environment, Civilization
a quarterly journal on learning and the arts for global readership

〈特集〉「人口問題」再考

菊大判 予320頁 予2940円

金時鐘の詩「待つまでもない八月だと言いながら」
鶴見和子の歌「予兆」　石牟礼道子の句「灯火」

死せる生――ベネディクト会尼僧院への公開書簡 ……… I・イリイチ（高島和哉訳）
〈鼎談〉「人口問題」を問い直す――「少子高齢化／人口減少型社会」論の問題点 ……… 速水融＋宇江佐真理＋片山善博
歴史人口学から見る日本の歴史 ……… 鬼頭宏
人口はどのように見られてきたのか ……… 柳沢哲哉
人口の問題ではない――社会的分配という鍵 ……… 立岩真也
人口問題と教育 ……… 苅谷剛彦
歴史から見た人口減少社会 ……… 浜野潔
人口センサスの始動――その歴史的環境 ……… 佐藤正広
欧米先進国における人口センサスの方法転換問題 ……… 濱砂敬郎
出生制度と子育ての心性史 ……… 太田素子
〈インタビュー〉先進国における少子化と移民政策 …… E・トッド（石崎晴己訳）
進化心理学から見た少子化 ……… 長谷川眞理子
少子化――せつなさの喪失 ……… 三砂ちづる
少子高齢社会の「メリット」を子育てにどう活かすか――年少人口割合の減少と子育ての人口学的条件―― ……… 中里英樹
〈インタビュー〉「老人」の誕生 ……… J-P・ギュトン（伊藤綾訳）
ラスレットのサード・エイジ論――高齢化社会を生きるために …… 村越一哲
少子化と家族――ジェンダーとライフコースの視点から ……… 宮坂靖子
近世尾久島における「夫問い婚」……… 溝口常俊
住まいから見る近代日本における家族の変遷――間取りに記された部屋名称から見える家族像―― ……… 内田青蔵

〈論文〉戦時下の柳田民俗学――“モヤヒ”の思考 ……… 鶴見太郎
〈インタビュー〉ヨーロッパと多言語社会 … H・ヴァルテール（聞き手・加藤晴久／平野和彦訳）

〈鼎談〉祈りと語り ……… 石牟礼道子＋伊藤比呂美＋町田康

連載
〈往復書簡 石牟礼道子―多田富雄 2〉なふ、われは生き人か死に人か　石牟礼道子
〈言いたい放題 9〉老人リハビリテーションの意味　鶴見和子
〈世界を読み解く 10〉グローバル化とフラット化　榊原英資
〈反哲学的読書論 8〉太平洋よ心地よく眠れ――大阪毎日懸賞論文『五十年後の太平洋』　子安宣邦
〈科学から空想へ 2〉共同体と情念引力――『四運動の理論』(1)　石井洋二郎
〈日本語で思考するということ 2〉二つの包摂――格助詞と係助詞　浅利誠
〈伝承学素描 2〉水の高等神事　能澤壽彦

歌手・加藤登紀子の母・淑子が、ハルビンの美しき追憶を熱く語り下ろす。

ロシア人の街、ハルビン

加藤登紀子

ハルビンに「帰ってきた」

ハルビン生まれの私が、ハルビンと再会したのは一九八一年夏。ハルビン音楽祭にはじめて日本人歌手として招かれた時であった。

北京から汽車に乗って、錦州、瀋陽（元の奉天）、長春（元の新京）をたどり、ハルビン駅に着いたのは、夕陽が空いっぱいを真っ赤に染めている夕暮れ。

ホームに降り立つとむこうから迎えの人たちが花束を持って走ってきた。

ここまでの道のりは、私が二歳八カ月で引き揚げたのと同じ道、途中の駅で停車した時、私たちが乗ったはずの大きな無蓋貨車にも出逢った。

「帰ってきたんだ!!」

ロシア料理店「スンガリー」

中学の時、中ソ対立の激化のために中国から日本へたくさんのロシア系の人たちが引き揚げたのを受けて、父と母がロシア料理店「スンガリー」を開いた。

片言の日本語で話すリューバやガリーナ、エリカ、そして、日本人と結婚し、離婚もしていたコックのおばちゃんクセーニアなど、そこはロシア人の街だったハルビンがそのまま再現されたような楽しい場所になった。

閉店近くになるといろんなロシア人が集まり、ウォトカを飲んで必ず大合唱になる。そんな時、父は自慢ののどを聞かせ、やんやの拍手を受けるのであった。

もし、ロシア料理店「スンガリー」がなかったら、私にとってハルビンは遠い過去で終わっていたと思う。そして歌うことにこれほど深い想いを抱くことはなかったかもしれない。

「スンガリー」が私の心に残したものは、故郷をはなれて生きる人たちの熱い心であった。

守ってくれる国もなく、生まれ育った故郷とのつながりもなく、ただ音楽だけが深い絆（きずな）であることを彼らは知っている。

生きていくことは、同胞を愛することであり、いのちを抱きしめることであり、おいしいものを食べ、楽しく酒を飲み、歌い踊ることだと……。

ていねいな暮らし方

今回、この本を書くことを決心し、三百枚に及ぶ原稿を自分自身で書いた母。その記憶の確かさ、何ごとにもそのディテールまで見届けている観察力の鋭さに驚いた。

偶然とはいえ、移り住むたびに違った生活スタイルを持ったロシア人たちと出逢い、それぞれが自分の暮らし方に大いなる誇りを持っていることに感激し、懸命に記憶した母。

▲ハルビン再訪（1985年）

そこに浮かび上がってくるシーンのひとつひとつが、自分たちの手で暮らしを創り出すよろこびと豊かさをあざやかに伝えてくれている。

今、私たちには失われてしまった、そうした『ていねいな暮らし方』に、私はうっとりするようなあこがれの気持ちを抱いた。

本来なら、自分のアイデンティティさえ危うくなる異郷の地で、どこかの国が戦争をし、その街の権力がどんなふうに変わっていっても、『自分の暮らしを守る』、そのことに微塵（みじん）の迷いもない。

さまざまな歴史にゆさぶられたロシア人であり、ユダヤ人であり、中国人であるからこそ、国の力や権力の力よりも、ひとりの人としての実力を頼りに生きている。そのことに母は何より大切な人間としての尊厳を感じたのである。

戦争に敗けた日本人のひとりとして、混乱の地で三人の子供を無事に生きのびさせるのは大変なことであったに違いないけれど、そのことからも母はたくさんのことを学んだ。

「生きることはいつも、あしたにむかって歩くこと、素晴らしい今日を生きること」。（抄）

（かとう・ときこ／歌手）

リレー連載　今、なぜ後藤新平か 12

構想力が求められる時代

毎日新聞特別顧問　岩見隆夫

昭和通りと首都高速道路における先見性の大差

東京の昭和通りを横切るたびに、後藤新平は偉かったとしみじみ思う。後藤が第二次山本権兵衛内閣の内相兼帝都復興院総裁の時、関東大震災後の東京復興計画の一環として作られたものだ。

八十年余も前に、こんな幅員の広い道路を計画したことが驚異である。いまも悠々と車の列が走っている。あれから数十年を経て作り始めた首都高速道路は、ほどなく慢性渋滞に見舞われた。この先見性の大差はどこからきたのか。

「東京改造計画」と「日本列島改造計画」

私は後藤新平の研究者ではないから、後藤を論じる資格はない。ただ、異色の政治家として漠然としたイメージがあり、私が一政治記者として取材した佐藤栄作から小泉純一郎まで十八人の歴代首相の実像と重ね合わせてみると、いろいろと想像が広がる。

後藤は抜群の構想力をみせて国民的な人気が高く、第一次大戦後に首相の有力候補になったことがあった。「後藤首相」が誕生しておれば、田中角栄首相に似ていた、と私は思う。田中の日本列島改造論は、後藤が東京市長時代に練り上げた東京改造計画と構想力において同列である。

田中の改造計画は土地暴騰を誘発して挫折し、後藤の改造計画は震災が契機になって活かされた。だが、計画の成否はともあれ、いつの時代のリーダーにも求められる構想力とは何か、というテーマを考えるうえで、二人の対比は有益かもしれない。

後藤の構想力を支える調査にもとづく計画性

二人には明らかに違いもあった。私が岩手県水沢（現奥州市）の後藤新平記念館を訪ねたのは六年前の春である。水沢市には幕末の開明的な蘭学者、高野長英、二・二六事件で殺害された斎藤実元首相の記念館もあり、「水沢の三先人」と呼ばれていた。後藤は斎藤の前年に生まれ、二人は竹馬の友だったという。この時、菊池建治館長が、

「もともと医学校出身だから、調査、計画が手堅く、先の見通しがきく人です。大風呂敷ではない」

と簡潔に後藤を語ったのが印象に残っている。

▲後藤新平　（画・山城谷清三／所蔵・河崎武蔵）

調査にもとづく計画性が、後藤の構想力を支えていた。田中の改造論を組み立てるのには有能な官僚が動員されたが、田中の直感的な才覚がベースになった。この違いは、割合重要である。

いま求められる指導者の構想力

後藤が生きた幕末から昭和初頭の七十年余は近代国家が形成されていく動乱の時期、戦後の六十年も敗戦から経済大国への道のりをたどるやはり激動の日々だった。だが、後藤にみられるスケールの構想力が戦後リーダーには乏しい。

せいぜい田中レベルである。あとの歴代首相は敷かれたレールの上をひたすら安全運転したにすぎない。目下、ポスト小泉の政争本番だが、候補者たちを眺めながら、

「人材がいないなぁ」

という溜息が政界から日常的に洩れてくる始末だ。「落日の日本」が国際常識になってきたいまほど、指導者の構想力が必要な時はない。

いかにして教育のなかに「昭和通り」を作るか

構想力といっても、何を主要テーマに構想を練るかが肝心である。それは教育をおいてほかにない。人材育成のための教育ではなく、荒廃しつつある日本社会を正常な姿に戻すため、教育のなかにいかにして昭和通りを作るか。後藤研究は教育改革を深く考える支えになるに違いない。

（いわみ・たかお）

リレー連載 いのちの叫び 91

生命誌はイワンを支持

中村桂子

息子が三歳の頃のことです。家族でテレビを見ていました。ふと気づくと、息子がいません。具体的な番組名は記憶にありませんが、戦いの場面が映し出されている時でした。それ以後も気をつけていると、そのような画面になるとスーッとどこかへ行ってしまうのです。成人した今は、それほど極端なことはありませんが、激しいことが好きではありません。私も、格闘技はダメですし、できることなら血など見ないで過ごしたい性質ですが、とくにそれを教えたわけではありません。

この体験から、私は、ヒトには本来闘争意識があるという考え方に納得していません。生きるためにどうしても他の生きもののいのちを奪わなければならない状況の時はそれをするでしょう。襲われれば必死で闘うのも当然です。でも、今私たちが暮らしている状況の下で、戦争をする必要はまったくありませんし、戦争がないようにするために努力する余裕を与えられていると言えます。

それなのに、ヒトはその誕生の時から戦争をしてきたとか、ヒト以前の霊長類にも縄張り争いや同類の殺害などがあるという例をあげて、戦争のない状態を思い描き、それを実現しようとするのが絵空事であるような言い方をする人が少なくありません。そこでかり出されるのが科学です。科学は、自然や人間について問いを立て、その問いにつながる事象を調べていく作業であり、そこからわかったことが、私たちの思考を支えることは確かですが、――それが全てを説明することはありません。調べれば調べるほど問いが生まれるのですから。

先日改めて『イワンの馬鹿』(トルストイ)を読みました。お金も兵隊も役に立たないイワンの国の、たった一つの習慣は、手にたこのある者は食卓についていいが、たこのない者は食べ残ししか食べられないということ。このほうが私を納得させます。生命誌はこれを求めます。

(なかむら・けいこ/JT生命誌研究館館長)

リレー連載

いま「アジア」を観る　44

「アジア」はあるか

高　銀

「アジア」とはだれか。太陽が昇る「アジア」とはだれなのか。いわゆる、西欧中心史観における客体なのか。サイードのいう「オリエント」も、彼のゆかりの地「中東」をどれだけ超えうるものなのか。そして、その「中東」において、「東アジア」とは何なのか。こちら側の「東南アジア」の風景は、「シベリア」に対して何なのか。近代的な地図の上で「アジア」とは、いかなる同質性も欠いたまま横たわる長年の支離滅裂な陸の連なりにすぎないのではないのか。

去る世紀末、東欧・ソ連崩壊後に現われた、オルタナティヴとしての言説の酬酌〔杯を交わすこと〕が、「東アジア」あるいは「東北アジア」の連帯と、この地の構図を大急ぎで描かせただけではないのか。それはまだ早すぎたのか、それとも、空論なのか。

現在、韓国と日本、日本と中国、ロシアと日本の間には、島の領有をめぐる問題がある。中国、フィリピン、ベトナムも同じではないか。果たして、それだけなのか？

中国は、「東北工程」（高句麗問題）で韓国の古代史を踏みつけてはいないか。実際には、北朝鮮を徐々に中国化しようとしているのではないか。このような東北アジアにおいて「アジア」の語を発することは、いかなる和音のハーモニーを必要とするのか。

実際に「東アジア」は、永続する中華主義と永続する脱亜入欧（米）主義の野望の衝突を、目前に置いてはいないか。それは大東亜共和圏の火焔が再び漂うことではないのか。「日米軍事同盟」とは何なのか。

このような東アジアの頑強な不和にもかかわらず、この東アジアの海上に、一国史観を克服しようとする原動力が現れることは、いかにして可能なのか。この地域における「葛藤創造的普遍性」〔常時、葛藤を生み出す性格の意〕が、永久に虚しいままで終わることは許されないのではないのか。

昨今交わされたアジア共用通貨に関する合意の意味は何なのか。果して「アジア」は、既存の存在ではなく、これから存在させねばならないものなのではないのか。そして、「アジア」の運命は、まだ始まったばかりではないのか。

古代ギリシア神話における「アジア」、セム（Semites）族の「アジア」は、現在において、地球規模の雄大かつ壮厳な文化連邦の時代を呼び起こすことができないだろうか。（こ・うん／詩人）

（金應教・訳）

Le Monde

■連載・『ル・モンド』紙から世界を読む　42

アフリカの中国化？

加藤晴久

四月末、中国の胡錦涛主席がモロッコ、ナイジェリア、ケニアを、六月、温家宝首相がエジプト、ガーナ、コンゴ、アンゴラ、南アフリカ、タンザニア、ウガンダを歴訪した。『ル・モンド』が社説と一般記事で（六・二四付）取り上げている。

反帝国主義闘争、世界革命を鼓吹するためではない。いまの中国を駆り立てているのは「えげつない、シニカルな実利主義」un pragmatisme très cru, cynique である。欧米諸国と同様、中国はアフリカの資源に垂涎している。石油、マンガン、木綿、その他の資源を買いあさっている。また、安価な“made in China”製品がアフリカ諸国に溢れている。

「西欧諸国もかってはアフリカに対してシニシズムのチャンピオンとして振る舞った。だから中国の影響力の拡大を非難する資格に欠ける。しかしこの抗いがたい勢いで進行するアフリカの中国化が掻きたてる不安にはもっともな点がある。というのは、中国政府は自国産業の需要を満たすためのエネルギー・原料獲得の戦略を公共モラルへの配慮なしに推進しているからである。アフリカ諸国首脳の耳にいまなお快く響く半植民地主義的なレトリックを使って『内政不干渉』を外交の大原則にした。圧政的で腐敗した諸国政府がこれを歓迎するのは当然である。」EU、世界銀行、国際通貨基金等はアフリカ諸国に「民主主義、人権の尊重、腐敗のない統治」を求めているが、中国はまったくお構いなし。「腐敗した圧政的権力の犠牲となっている国民がこのような癒着から何を得ることができるか、はなはだ疑問だ。……いまや中国はアフリカの権力者にではなく国民に関心を寄せるべきである。」

ゴールデン・ウィークを利用して日本の首相もエチオピアとガーナに出向いたようだ。もうだいぶ前から巨額の政府開発援助（ODA）を供与したり、大規模なアフリカ開発会議（TICAD）を主催して豪勢な接待外交を推進したりしてきた。しかし、一党独裁の国の首脳が二人もみずから乗り込んでがむしゃらに対抗されたのでは、とてもかなわない。

（かとう・はるひさ／東京大学名誉教授）

triple 8 vision　63

手綱もなく、拍車もなく

ein Zügel　ein Ansporn

吉増剛造

羽生善治さんが、座右の、……というよりも、盤上の空中に、閃くように、澄んで耳に響いていたことだろう、そんな言葉として、〝玲瓏〟を、一枚の駒（コマ、五角形の小さな木片、……）を、別宇宙の盤上に、ふと打ち込むようにして、口にされるのを聞いていて、胸が騒いだ、……（ＮＨＫの好番組、茂木健一郎氏「プロフェッショナル 仕事の流儀」二〇〇六年七月十三日放送分）。

〝騒いだ、……〟のは、きっと、何処に存在しているのか、判らないような別の胸で、……あったのだろう。稀代の英文学者である柳瀬尚紀さんの紹介で、羽生さんと出逢ったのは、もう、そう、七年程前のことになる。爾来、幾度も幾度も、繰り返し繰り返し、書物（『盤上の海、詩の宇宙』河出書房新社刊）やＶＴＲ（ＮＨＫ未来潮流同題）で、羽生善治さんの思考の閃光を、たしかめ、楽しみ、その〝閃光〟のまえに、立ち留って、それを育（羽包）もうとさえしていたようだ。

こうして、（わたくしの差す手が、……）繰り出し、紡ぎ出そうとする言葉の仕草や羽搏きを観つめていると、〝長い時間〟〝別の長い時間、……（「長考」）〟が、忍び込んで来ていることが良く判る、……。その羽生善治氏の天才的な思考の光りの一つに〝場面場面の興味の深さ〟という言葉があった。おそらく、局面や流れ、大局観からは、逸脱するような、……〝それにしても惜しい、いとおしいような駒たちの並びや仕草よ、……〟とその場面を愛惜する、捨てるには惜しいけれども、……と、〝別の……胸〟に、それを納めて、立ち去ったときの、羽生さんの、そのときの呟きの痕跡の言葉で、それはあったのではなかったのだろうか。こうして、羽搏きや足掻きや仕草やが〝別の胸に、……〟一杯になるのが、豊かということだ、……。

ここまで綴りながら、わたくしは、カフカの（わたくしには、……）あたらしい読み方を、同時に一緒に考えていた。フランツ・カフカもまた〝場面場面の興味の深さ〟に、文字通り深く震撼させられていて、それをカフカは、神速に（〝神速〟で、……）継いで居たのだ。〝継ぐ〟（フランツが書いたであろう独逸語も知りたいのだが、……）は、〝繋ぐ〟〝綱ぐ〟でもあったのだろう。（編集部に調べてもらった〝原文〟を、この神品に添えることのおおきな喜び、……）

ああアメリカン・インディアンになれたら！ ためらいもなく馬にまたがり、斜に空を截って、慄える大地の上を幾度かまた短い身慄いを覚えつつ、遂には拍車をなげうって、だって拍車なんてなかつたから、遂に手綱をなげうって、だって手綱なんてなかつたから、そしてきれいに刈られた荒野のような大地すら殆どもう眼に入らず、もう馬の頸もなく馬の頭もなく。（「インディアンになりたい望み」高安國世訳、新潮社刊）

Wenn man doch ein Indianer wäre, gleich bereit, und auf dem rennenden Pferde, schief in der Luft, immer wieder kurz erzitterte über dem zitternden Boden, bis man die Sporen ließ, denn es gab keine Sporen, bis man die Zügel wegwarf, denn es gab keine Zügel, und kaum das Land vor sich als glatt gemähte Heide sah, schon ohne Pferdehals und Pferdekopf. ("Wunsch, Indianer zu werden")

〝別の胸、……〟に、仕舞ってあるのよね、……〝何処にもない拍車も、何処にもない手綱も〟。駒おともさ、……。（タイトル部分独語不定冠詞は筆者による）

（よしますごうぞう／詩人）

連載

国と政府

帰林閑話　141

一海知義

憲法を変えるためには、それと一体をなしているといわれる教育基本法を、まず変えねばならぬ。

提案者の与党、自民党と公明党は、新聞報道によれば、次のようなギロンをしたという。

自民党は、教育基本法の改訂案に、「国を愛する心」という文言を明記することを、主張した。ところが公明党は、「国を大切にする心」とすべきだという。

われわれにはその違いがよくわからぬのだが、公明党は、『国』が政府などの統治機構を意味すれば軍国主義を喚起させる」から、「国を大切にする心」とすべきだと要求したとのことである。

しかし公明党は結局妥協して、両者合同の「検討会」の座長（自民党）は、「わが国と郷土を愛する」とすることでまとめた。この表現について、座長は記者会見で次のようにのべたそうだ。

「国という概念の中に統治機構を含まないという互いの共通理解を勘案した」

そして公明党の代表も、

「どこまでも統治機構を含まないということ。国家主義ではない」

と説明したという。

統治機構とか統治機関というのは、辞書によれば、「日本では国会、内閣、裁判所がその第一次の機関」である。

「統治機構（すなわち政府）を含まない国」というのがあるのだろうか。

与党が最も変えたがっている憲法の第九条には、「国権の発動たる戦争」という言葉が見える。「国権」とは、国家権力である。そして、同じ憲法の前文には、「政府の行為によって再び戦争の惨禍が起こることのないやうにすることを決意し」とある。

すなわち、戦争は「政府」の行為によって起こされるのだが、それは日本「国」と他の「国」との戦争ということになる。

両党がごまかそうとしても、「国」から「政府」を省くことはできないだろう。

（いっかい・ともよし／神戸大学名誉教授）

(聖ジョージのイコン/グルジア、ムツヘタ：サンタブロ修道院)

連載・GATI 79

大地母神を暗示する聖ジョージ

―― キリスト教伝道における異教降伏のメタファー/「龍と蛇」考 ❶ ――

久田博幸
(スピリチュアル・フォトグラファー)

基督教の龍退治の英雄譚は世界中にあるが、世界で有名なのが聖ジョージであろう。*リビアの小国シレーナで猛威を振るう龍を退治し、生贄の王女を救う話である。彼は三世紀後半に小アジアのカッパドキア(トルコ共和国)に生まれ、後に基督教に改宗したという。その図像の人気は東方教会系の国では聖母マリアに次ぐといって良い。牧畜・狩猟・病気治癒の守護、英国の守護聖者、コプト信仰(エジプト)の大聖者に至るまで、何故にかくまで彼は信仰されるのか。特にグルジアやエチオピア(コプト教会に導かれた基督教国)では頻繁に見られる。ラテン語名はGeorgiusで、グルジアの英語名はGeorge。「Geo」はともに「大地」に由来する。

*現リビア・アラブ共和国

聖ジョージの祭「緑のジョージ」は地母神信仰に係わる。あのマリア信仰が土着の地母神たちを投影するように、彼の両性具有を暗示する性は基督教以前の母性的神性を匂わせる手がかりともいえる。

一方、この伝承は素戔嗚尊の八岐大蛇退治に酷似し、『記紀』には出てくるが、不思議にも地元の『出雲国風土記』にはないのである。

■志村ふくみ＋鶴見和子著『いのちを纏う』刊行記念

〈シンポジウム〉いのちを纏う

色の思想／きものの思想

六月二十五日（日）
同志社大学寒梅館
ハーディーホール

去る六月二十五日（日）、同志社大学寒梅館ハーディーホール（京都）にて、『いのちを纏う』の刊行を記念し、著者お二人に歴史学者の川勝平太さん、日本舞踊家の西川千麗さんをパネリストに加え、シンポジウムが開催された。雨天を押して八百名を超す聴衆が会場を埋め尽し、パネリストの言葉に耳を傾けた。

西川さんの創作舞踊のオープニング映像の後、舞台上には志村ふくみさん・洋子さんの作品四点を展示。続いて骨折で急遽欠席された鶴見さんから当日寄せられたメッセージ「植物繊維を使い、植物染料で手織りにしたものは、その植物のいのちとつくった人のいのちとがそれを纏う私のいのちと交流する。このいのちの交流が、私の創造性の源」が紹介された。それに対し「色は植物からいただくもの。自然との和なのです。畏敬を持って受け止めたい」（志村）、「都会の生き方の余分なものを自然の中で削ぎ落としたとき、作品の着想が訪れる」（西川）、「自然への畏敬の念は長い日本の歴史の中で育まれてきた。それをヨーロッパの文明は切り刻んできた」（川勝）といった応答がなされ、話題は「いのちを纏う」をキーワードに、歴史、教育、社会といった現代の焦眉のテーマへ広がった。

▲志村ふくみ氏

▲川勝平太氏

▲西川千麗氏

尚、当日の全記録は学芸総合誌『環』27号に掲載予定。（記・編集部）

■「海霊の宮」完成記念

上映と講演の夕べ

七月五日（水）
ドーンセンター（大阪市）

六月十六日の東京での『海霊の宮――石牟礼道子の世界』上映会に次ぐ、関西での上映会。映像作品の上映に加え、詩人・金時鐘さんの講演。石牟礼作品に登場する「悶え神」――人の悲しみを自分の悲しみとして悶え、無力なだけの存在として関わろうとする人間――の思想などをとりあげた。夢幻的な映像と静かな音楽のコラージュである本作品の雰囲気とも相まって、石牟礼世界の深遠さが漂う夕べとなった。

▲金時鐘氏

（記・編集部）

七月新刊

「21世紀の黒死病（ペスト）」か？

強毒性
新型インフルエンザの脅威

緊急出版

岡田晴恵編
速水融・立川昭二・田代眞人・岡田晴恵

「死者一億五千万人」（国連）、「全身重症疾患」、「同時大量感染による社会機能の破綻」をもたらし得る新型インフルエンザ。スペインかぜを始め、その過去とメカニズムを理解して初めて分かる恐るべき脅威。全国民必読・必携の書！［付］備蓄リスト

Ａ５判　二〇八頁　**一九九五円**

「国民作家」の生涯を貫いた精神とは

鞍馬天狗とは何者か
大佛次郎の戦中と戦後

小川和也

第一回「河上肇賞奨励賞」受賞作品

〝国民作家〟大佛次郎には、戦後封印されてきた戦中の「戦争協力」の随筆が多数存在した！　これまで空白とされてきた大佛の戦中の思索を綿密に辿りながら、ヒーロー「鞍馬天狗」に託された、大佛自身の時代との格闘の軌跡を読み解く野心作。

四六上製　二五六頁　**二九四〇円**

現代人のための後藤新平伝の金字塔

〈決定版〉正伝 **後藤新平**
（全８分冊・別巻一）
一海知義・校訂

鶴見祐輔

８「政治の倫理化」時代
一九二三～二九年

本巻完結

日露交渉は打ち切られ、ヨッフェを祖国へ送る。大震災では罹災民救済と復興計画に尽力、東京放送局（現NHK）や少年団の設立、そして議会政治の粛清を目指す「政治の倫理化」に奔走、八面六臂の活躍をした最晩年。

四六変上製　六九六頁（口絵四頁）**六五一〇円**
全巻セット函入 **四七〇四〇円**

中国文学の碩学による最新随筆集

漢詩逍遥

一海知義

「詩言志――詩とは志を言う」。中国の古代から現代へ、近代中国に影響を与えた河上肇へ、そして河上が愛した陸放翁へ――。中国・日本の古今の漢詩人たちが作品に託した思いをたどりつつ、中国古典の豊饒な世界を遊歩する、読者待望の最新随筆集。

四六上製　三二八頁　**三七八〇円**

読者の声

米寿快談■

▼藤原書店の本はいろいろとよんでいる。俳句と和歌、それぞれ生命、知性が凝縮している。なかなか出版されぬので待ちに待っていた。期待したようによい対談であった。何度もよみかえしたい。

（宮城　大学名誉教授　**籏野昌弘**　76歳）

環25号〈特集・水俣病とは何か〉■

▼根底からの問いかけとそれへの真摯な答えが並ぶ特集。そして、同時代、二十一世紀日本の「今」と「これから」とをつなぐいくつかの小特集からの光。どれをとってもおもしろいものです。次号も楽しみです。

（三重　高校教員　**野崎智裕**　46歳）

▼水俣病は決して過去のものではなく、私たちの社会に未来があるとすれば、その克服が大前提であることをありありと実感した。患者さんの声はまさに自分を映す鏡なのだと思う。

（神奈川　**新井真**　47歳）

いのちを纏う■

▼以前からお二人の「きもの」に関する本を数冊読んでファンになっておりましたところ、お二人の対談が本にと店頭でみつけ、即求めました。日本の大切な文化を大切に「いのち」につなげて日本の女として和服に親しみたいものと思います。（秋田　**中村朋子**　62歳）

セレンディピティ物語■

▼『日本経済新聞』「私の履歴書」欄の早石修先生の文面の中に紹介されていたので求めました。日々これに近いような出来事が多いものですから、面白く読ませていただきました。（京都　会社役員　**片山博實**）

▼よい本を紹介して下さりありがとうございます。絵もやさしく、本を読む助けになってくれました。

（東京　**江森隆子**）

遺言のつもりで■

▼岡部伊都子さんとは十年位前より投稿などで親しくしていただき、「伊都子お姉さん」として常にお便りを差し上げ、又、作品とか写真などもいただいております。札幌の友人もファンで、必ず岡部さんの本を買ってくれます。今代筆でお便りをいただき、お身体具合を案じております。すばらしい心打つ作品です。

（北海道　書店　**高野名正治**　80歳）

▼二十年ほど前に、出版社を通して岡部先生にお便りをして以来、折々に温かいお導きとお励ましをいただいてまいりました。一読者の不躾な訴えにも優しくお応えくださるお姿に心打たれておりましたが、この度は、ご病身も構わず、弱い立場の人のために全霊でお尽くしくださるお強さに、驚異ともいえる感動をいたしました。先生にお導きいただいて出した拙著に、読者の方から出版社宛に手紙をいただくことがあります。先生が私にしてくださいましたのをお手本にして、お返事をいたします。温かい心の通い合いが世界中に広がって、戦争のない睦み合える世の中になりますように、先生にはまだまだご指導をいただきたく存じます。ご健康をひたすらにお祈り申し上げます。先生が共に導いてくださいました自分の来し方を振り返って、涙もろくなっておりました。感想が遅くなりました。

（東京　**梅井妙子**　75歳）

安場保和伝　1835-99■

▼『〈決定版〉正伝　後藤新平①　医

者時代』を読んでの感想文が読者の声で掲載され、嬉しくて仏壇にお供えして亡き母とご先祖様にご報告しました。引き続き親戚に当る安場保和氏のご本が出版され、早速買い求めました。山本家と深い関係のある下津休也、元田永孚氏の事がより詳しくわかり、又、安場保和氏の偉大なる人物に感動しました。『〈決定版〉正伝 後藤新平』、『安場保和伝』の二冊のご本は山本家の家宝になりました。

（大分　主婦　山本英子　65歳）

■世紀の恋人■

▼タイトルのごとくまさしく〝世紀の恋人〟と呼ぶにふさわしく、二十世紀の偉大なフランスの作家、哲学者ボーヴォワールとサルトル、興味深く読めました。形式にとらわれない〝パートナー〟としての出会いから、終生かわることのなかった二人。今の時代にはそれほど珍らしいこともないことかもしれぬが、お二人の時代にはそれほど理解されないことも多かっただろう——。ボーヴォワール『第二の性』の反響についても興味深くよめました。上手にまとめあげた評伝と思い読み終わりました。
（東京　緒方定子　60歳）

■坂本多加雄選集Ⅰ・Ⅱ■

▼戦後六十年を経て、二十一世紀の日本の国家像が確立しないいま、無責任な政治家や学者、ジャーナリストが空しい観念論を発言して国民を惑わせている。こんな時代こそ坂本氏の活躍が望まれるのに、あまりにも若くして逝かれたのは、日本国にとって大きな損失である。せめて遺された著作・論文を読み返し、更には坂本氏の志を継ぐ次の学者、言論人の活躍を切に望むものである。
（秋田　佐藤恒人　73歳）

■環18号〈特集・「帝国以後」と日本の選択〉■

▼『新ヨーロッパ大全』以降のトッドの家族形態論に「決定論」との批判のあることを『世界像革命』で知りました。学者の間の批判は兎も角、「家族形態」に興味をもったのは、海外での工場経営の場でした。工場移転先の選択にも、移転後の運営にも、この分析と経験論は役立つところが多いと思います。著作がもう三十年ばかり早ければ、失敗しなくてもよいケースもあったものと考えています。
（兵庫　石井治　72歳）

■帝国以後■

▼『嘘つき大統領のデタラメ経済』（ポール・クルーグマン）を読んだあと、二、三ヶ月。ひさしぶりに、面白い本を本屋で発見しました。社会的団結性の強いドイツ・日本で、アメリカ流の規制廃止を進めるなら極右の台頭を引き起こす等……するどい分析と思いました。他にもたくさん勉強になりました。
（福岡　財津義男　57歳）

■台湾の歴史■

▼日本の台湾統治時代を中心に三〇〇年に亘る台湾の歴史をジャーナリストの取材を通じて描いており、通史として台湾研究の参考になった。貴店は、大変意欲的な出版姿勢で、敬意を表します。山本勲著『中台関係史』も良書でした。
（千葉　会社顧問　山中昭栄　57歳）

※みなさまのご感想・お便りをお待ちしています。お気軽に小社「読者の声」係まで、お送り下さい。掲載の方には粗品を進呈いたします。

書評日誌（六・一〜六・三〇）

㊔書評　㊕紹介　㊋関連記事
Ⓣⓥ紹介、インタビュー

六・一　㊕毎日新聞（夕刊）「米寿快談」（「詩歌の現在　六月」／「私の三冊」／「俳句」／酒井佐忠）

【紹】鎌倉ユネスコ協会会報65号『対話』の文化」（「新刊紹介」）／「ユネスコによる知の出会い」／「〝人類〟から〝生類〟共生へ」／尾花）

六・二 【紹】週刊朝日「いのちを纏う」（「話題の新刊紹介」）／西條博子）

【記】毎日新聞（大阪本社版・夕刊）「いのちを纏う」「シンポジウム『いのちを纏う』」（「志村ふくみさん、鶴見和子さん共著出版記念のシンポジウム」／「二十五日色と着物の文化語る」）

六・四 【書】しんぶん赤旗「雪」（「人間の心と行動の変化丸ごと描く」／浅尾大輔）

六・四～一三 【記】共同通信社配信「環25号〈特集・水俣病とは何か／小特集・憲法とは何か〉」（「論壇リポート」／「近代を再確認する憲法論」／「個人尊重する枠組み――樋口」／「成長失った不安を解消 小森陽一氏」／「個人を尊重する枠組み 樋口陽一氏」／「特定の価値観なら衝突 長谷部恭男氏」／東海亮樹）

六・八 【紹】週刊新潮「セレンディピティ物語」（「十行本棚」）

【紹】小学図書ニュース「セレンディピティ物語」（「新しい本、読んでみました」）

【記】佛教タイムス「DVD『海霊の宮』」「苦海浄土」「DVD『海霊の宮』上映と講演の集い」（「石牟礼道子氏の原点に迫る」／「DVD『海霊の宮』完成」／「十六日 都内で上映と講演の集い」／「水俣病五十年」／『苦海浄土』著者」）

六・九 【紹】毎日新聞（夕刊）「日本を襲ったスペイン・インフルエンザ」（「読みたい」／「晴れても降っても」／「人口増の不快、人口減の不安」／関川夏央）

【記】朝日新聞（夕刊）「鶴見和子氏関連記事」「歌集 花道」「歌集 回生」（「文化芸能」／「八首」／「岐路」）

六・一〇 【記】中外日報「DVD『海霊の宮』」「苦海浄土」「DVD『海霊の宮』上映と講演の集い」（「上映の講演の集い 東京・大阪で開催」）

【記】京都リビング新聞「いのちを纏う」「シンポジウム『いのちを纏う』」（「まちinfo」／「着物を着ることをこんな風に考えたい」）

六・一一 【記】朝日新聞「米寿快談」「いのちを纏う」（「話題の本棚」／「老いの底力」／「めまい誘われる驚異の先達」／大上朝美）

【書】日本経済新聞「米寿快談」（「詩歌のこだま」／「米寿の二人の深い触れ合い」／坪内稔典）

【書】西日本新聞「安場保和伝」（「読書館」／「郷土コーナー」）

【書】しんぶん赤旗「日本を襲ったスペイン・インフルエンザ」（「危機よびさます大疫病被害の実態」／岡田晴恵）

六・一三 【記】産経新聞（大阪本社版・夕刊）「シンポジウム『いのち纏う』」（「便利帳」）

【記】聖教新聞「DVD『海霊の宮』」「DVD『海霊の宮』上映と講演の集い」（「新作DVD上映と公演」／「石牟礼道子の世界」／

六・一六 【記】読売新聞「強毒性新型インフルエンザの脅威」「日本を襲ったスペイン・インフルエンザ」（「論点」／「新型インフルエンザ」／「国あげて脅威の備え

よ」／岡田晴恵）
六・一七　[紹]　産経新聞「いのちを纏う」（大阪本社版・夕刊）（「ほん」）
[記]　熊本日日新聞（夕刊）「DVD『海霊の宮』」「DVD『海霊の宮』上映と講演の集い」（「石牟礼文学映像で表現」／「東京で『海霊の宮』上映会」／「患者に寄り添う思想と魂」／「水俣病公式確認五十年」／亀井宏二）
六・一八　[書]　朝日新聞「開かれた歴史学」（「適切な知的分業による真の学際性を」／山下範久）
[書]　神奈川新聞「ヒトの全体像を求めて」（「ミニ書評」）
[紹]　東京・中日新聞「女教祖の誕生」（「『今』がわかる名著」／「今月のテーマ　宗教㊥」／「信仰の核に死者との交わり」／島薗進）
六・一九　[記]　毎日新聞「志村ふくみ氏関連記事」（「余録」）
六・二〇　[記]　日本経済新聞「「DVD『海霊の宮』上映と講演の集い」（「がいどガイド」）
[記]　京都新聞「いのちを纏う」「シンポジウム『いのちを纏う』」（「広域ニュース」／「上京で二十五日、きものへのテーマ」）
[紹]　麗澤大学NEWS第69号『対話』の文化」（「新刊紹介」）
六・二三　[記]　読売新聞（大阪本社版・夕刊）「いのちを纏う」「シンポジウム『いのちを纏う』」（「染織家・志村ふくみさん」／「魂を包む衣残したい」／西田朋子）
六・二三　[記]　朝日新聞（大阪本社版・夕刊）「いのちを纏う」「シンポジウム『いのち纏をう』」（「きものと色、思想や文化語る」／「二十五日、京都でシンポ」）
六・二四　[記]　京都新聞「いのちを纏う」「シンポジウム『いのちを纏う』」（「社会学者鶴見和子さんとの対話出版、二十五日、同志社大でシンポ」／「自然からのいただき物畏敬をもって大切に」／「人間国宝志村ふくみさんきものへの思い語る」／河部光男）
六・二六　[記]　京都新聞「いのちを纏う」「シンポジウム『いのちを纏う』」（「着物通し社会見つめ」／「同大でシンポ」）
六・二七　[書]　エコノミスト「脱デフレの歴史分析」（「通貨制度の選択に焦点を当て日本の近代の経験を分析」／田中秀臣）
六・三〇　[記]　週刊金曜日「DVD『海霊の宮』」「DVD『海霊の宮』上映と講演の集い」（「きんようぶんか案内板」／「DVD完成記念『海霊の宮』上映と講演の集い」）
六月号　[書]　STUDIO VOICE「雪」（「SV CUT UP BOOKS」／「ムスレムの心から書かれたポストモダンの政治小説」／越川芳明）
[書]　中央公論「雪」（「中公読書室」／「『9・11』後の世界を理解するための、トルコ文学」／中島京子）
[記]　ふらんす「世紀の恋人」（「ボーヴォワール没後二十年」／「ボーヴォワール、femme totale」／「すべてはボーヴォワールから始まった」／「近年の動向」／「femme totale（全体的な女性）」／澤田直）
[紹]　六月の風「米寿快談」（「小耳サンポ」）
[紹]　WEDGE「雪」（「BOOK WORLD」／「五紙書評・気になるナンバー1　147」）

九月新刊

＊タイトルは仮題

言語から見えるヨーロッパ全史

西欧言語の歴史

H・ヴァルテール
[序]　A・マルティネ／平野和彦訳

　ギリシア、ケルト、ラテン、ゲルマン――民族の栄枯と軌を一にして盛衰を重ねてきた西欧の諸言語。数多存在する言語のルーツ、影響関係をつぶさにたどり、言語同士の意外な接点を発見しながら、個別言語のかけがえのない面白さを解き明かす仏のベストセラー、ついに完訳！

大好評『日本仏教曼荼羅』待望の第2弾！

御札（おふだ）にみる日本仏教

続・日本仏教曼荼羅

B・フランク／仏蘭久淳子訳

　ヨーロッパの東洋学・日本学を刷新した最高権威が、日本各地の寺社で蒐集した千枚近くの御絵札（みえふだ）コレクション。コレージュ・ド・フランスが保管する貴重な図像から、日本における神仏の多彩さ、日本人の豊かな宗教的想像力を丹念に読み解き、日本人の宗教観の核心に迫る！

初の女性職業画家の本格的伝記

ベルト・モリゾ

黒い服の女の秘密

D・ボナ／持田明子訳

　印象派の中で唯一の女性画家、ベルト・モリゾ。マネ、ドガ、モネ、ルノワールら男性に伍して既存の芸術の枠にとどまらぬ創作活動を繰り広げ、女性職業画家のパイオニアとなり、マネの絵のモデルとしても有名なベルトの生涯に、未発表資料を駆使して迫る。

積年の河上肇研究の成果

杉原四郎著作集（全4巻）III

学問と人間

――河上肇研究

　総合的な「日本経済学史」を確立した杉原四郎の真骨頂。「科学と宗教」問題を常に焦点におきつつ、思想家・河上の歩みを、マルクス研究、J・S・ミル研究、人間にとっての経済と労働の意義の三側面から深める。
[月報]細川元雄・金沢幾子・鈴木篤・田中秀臣

「戦後日本」と「啓蒙」の関係を問う！

〈社会思想史研究〉30号

特集

「啓蒙」の比較思想史

思想史の方法論的視座を問う(2)

社会思想史学会編

（執筆者）安田常雄＋長尾伸一＋木前利秋／安藤隆穂／服部健二／清水瑞久／髙山裕二／南谷和範／古松丈周／八島隆之／大竹弘二／井上彰ほか

8月の新刊

タイトルは仮題

学芸総合誌・季刊
『環 歴史・環境・文明』㉖ 06・夏号 *
〈特集・「人口問題」再考〉
菊大判 予三二〇頁 予二九四〇円

ハルビンの詩がきこえる *
加藤淑子著 加藤登紀子編
A5変上製 二六四頁 口絵8頁 二五二〇円

近刊

御札にみる日本仏教（仮）*
続・日本仏教曼荼羅
B・フランク／仏蘭久淳子訳

西欧言語の歴史 *
H・ヴァルテール／平野和彦訳
[序]A・マルティネ

ベルト・モリゾ 黒い服の女の秘密 *
D・ボナ／持田明子訳

〈杉原四郎著作集〉Ⅲ（全4巻）[第3回配本]
学問と人間——河上肇研究 *

〈社会思想史研究〉30
「啓蒙」の比較思想史 *
思想史の方法論的視座を問う(2)
社会思想史学会編

天皇と政治（仮）
近代日本のダイナミズム
御厨貴

好評既刊書

入門・世界システム分析
I・ウォーラーステイン／山下範久訳

よく生きてきたと思う
竹内浩三詩集 よしだみどり編

強毒性新型インフルエンザの脅威 * 緊急出版
岡田晴恵編
速水融＋立川昭二＋田代眞人＋岡田晴恵
A5判 二〇八頁 一九九五円

漢詩逍遥 *
一海知義
四六上製 三二八頁 三七八〇円

『〈決定版〉正伝・後藤新平』（全8分冊・別巻一）
8 **「政治の倫理化」時代** 一九二三〜二九年 * 本巻完結
鶴見祐輔／校訂・一海知義
四六変上製 六九六頁 六五一〇円

鞍馬天狗とは何者か *
大佛次郎の戦中と戦後
小川和也 第一回「河上肇賞奨励賞」受賞作品
四六上製 二五六頁 二九四〇円

〈藤原映像ライブラリー〉
海霊の宮 UNADAMA NO MIYA DVD
石牟礼道子の世界
カラー95分／冊子二〇八頁 一八九〇〇円

レーニンとは何だったか
H・カレール＝ダンコース
石崎晴己・東松秀雄訳
四六上製 六八八頁 口絵4頁 五九八五円

中世の身体
J・ル＝ゴフ／池田健二・菅沼潤訳
四六上製 三〇四頁 カラー口絵8頁 三三六〇円

「知識人」の誕生 1880-1900
Ch・シャルル／白鳥義彦訳
A5上製 三六〇頁 五〇四〇円

〈ジョルジュ・サンド セレクション〉5（全9巻・別巻一）
ジャンヌ 無垢の魂をもつ野の少女
持田明子訳＝解説 [第6回配本]
四六変上製 四四〇頁 三七八〇円

乳がんは女たちをつなぐ 京都から世界へ
大津典子
四六判 二四〇頁 二一〇〇円

米寿快談 俳句・短歌・いのち
金子兜太＋鶴見和子 編集協力＝黒田杏子
四六上製 二九六頁（口絵8頁）二九四〇円

ヒトの全体像を求めて
21世紀ヒト学の課題
川田順造編
川田順造・佐原真・西田利貞
大貫良夫・尾本惠市・
四六上製 二六四頁 二九四〇円

脱デフレの歴史分析
「政策レジーム」転換でたどる近代日本
安達誠司
四六上製 三二〇頁 三七八〇円

いのちを纏う
色・織・きものの思想
志村ふくみ＋鶴見和子
四六上製 二五六頁 カラー口絵8頁 二九四〇円

＊の商品は今号に紹介記事を掲載しております。併せてご覧戴ければ幸いです。

書店様へ

▼いつもお世話になっております。▼『脱デフレの歴史分析』（第一回「河上肇賞」受賞）が、「朝日」（7／30）に書評掲載。また、「週刊東洋経済」誌上で今年上半期のベスト経済書第10位に選定され、お問い合せ殺到。忽ち在庫僅少。お早目の補充を。▼ル＝ゴフ『中世の身体』は、「毎日」（7／23）で藤森照信氏が絶賛。好評既刊の『中世とは何か』（4刷）との並売が非常に効果的。同じく、六月刊H・カレール＝ダンコース『レーニンとは何だったか』も、全国各店で売行良好。▼『強毒性新型インフルエンザの脅威』への多くのご注文ありがとうございます。編著者の岡田晴恵氏への取材や講演依頼が相次いでいます。政府もようやく重い腰を上げ、厚生労働省をはじめ各省庁に通達しはじめたようです。貴店でも最重要図書としてお取り扱い願えれば幸いです。（営業部）

加藤淑子さん、登紀子さん「徹子の部屋」(8/9)出演

今号でもご紹介しました加藤淑子著・加藤登紀子編『ハルビンの詩がきこえる』（8／7全国配本）の刊行にあたり、お二人が「徹子の部屋」（8／9テレビ朝日系）に出演。

本書を推す

「女たちの満州」　作家 なかにし礼氏

「満州の歴史とは、実は女たちの物語なのである。

満州建国を夢見たのは男たちであったが、その夢破れたのちのあとかたづけはすべて女たちがやった。

その一つの証言をここに見る思いがする。

加藤登紀子も私も、阿修羅のごとく戦った母によって守られ、日本に流れついた命なのだということをあらためて痛感する。」


昭和十年から二十一年までのたった十一年のハルビン。同じこの場所にその面影が消えてしまった今も、私の心の中にはすべてがあざやかに刻まれている。――加藤淑子

出版随想

▼時代を見る先見性に富み、百年先の社会を設計した稀有なる政治家、後藤新平。今年はその後藤が没して七十七年。没後すぐに、後藤の伝記編纂委員会が、新渡戸稲造をはじめ、一級の歴史学者や科学者らで作られた。苦節十年。アンカーを務めた女婿鶴見祐輔の手で四千頁に亘る『後藤新平』（全四巻）の正史がまとめられた。鶴見の序文にもあるように、委員会が収集した後藤新平の重要な一次資料を編年的に並べ、その間を自分は繋ぐ役割をした、と。それだけに、江戸末生まれの後藤の文章を、現代の読者に読めるものにする作業は大変だった。五年余の歳月をかけて、一次資料に注や釈文を加え、読み仮名も適宜附した。七月二十日、遂に『〈決定版〉正伝 後藤新平』（全八巻）六千頁が完成した。

▼七月二十二日、この完成記念のシンポジウムが東京・内幸町の市政会館（財閥、安田善次郎が後藤新平のために造った建物）の前のプレスセンタービルで開かれた。後藤生誕の地水沢からも多くの人が押しよせ、会場は満員の聴衆で埋まった。大スクリーンに、子息河崎武蔵氏所蔵の最晩年の肖像画が大映しにされた。「21世紀と後藤新平――世界構想と世界戦略」のテーマで約三時間、多士多才なパネラーによる熱論が闘わされた。明年は、後藤新平生誕百五十年にあたる。近代日本が生んだこの恐るべき傑物を、今の日本人の老若男女にもっともっと知って貰いたいと心から願う。

▼最晩年、後藤新平には雄大な国際大学建設の構想があった。「東洋諸外国の学生収容を目的とし、教師も日本の学者以外に、中国やインドからも優秀な学者を招聘して任命し、広き東洋文化を総合する一大学府」という大構想である。しかしその前に、私費を投じた約三十万坪の土地を利用して万国博覧会を開催し、その跡地の一部を学校に利用することを考えた。しかし残念なことに、この厖大な事業を推進してゆくにはあまりに時間がなかった。その一年余り後の一九二九年四月十三日、遊説の途、京都で突然の死を迎えることになった。その柩は、東海道線の各駅で数百万の少年少女らが見守る中、列車で東京に運ばれたという。　（亮）